KB201925

안녕, 푸바오

한국을 떠난 푸바오의
그리운 나날

안녕, 푸바오

장린 지음 * 심지연 옮김

해피북스
투유

2023년 11월 22일 [사진=미즈오 코지로]

《안녕, 푸바오》를 출판하면서 운 좋게도 많은 분의 도움을 받았습니다. 내용 면에서 많은 자문에 응해주신 중국 판다보호 연구센터中国大熊猫保護研究中心, 사진 촬영을 맡아주신 한국의 복보사랑, 일본의 미즈오 코지로水尾光二郎, 중국의 원페이페이温霏霏 · 리챤유李傳有님께 감사드립니다.
이 자리를 빌려 도움을 주신 모든 분께 진심으로 감사의 마음을 전합니다.

푸바오福寶

암컷 자이언트판다
2020년 7월 20일 출생
귀여운 외모, 포근한 체형, 말괄량이
자신만의 개성이 뚜렷한 '아기 공주'
늘 사랑스러운 눈빛을 반짝이고 있다.

2024년 2월 22일 [사진=미즈오 코지로]

차
례

2023년 8월 31일 [사진=복보사랑]

1장

바오패밀리

풀은 풀을 싹 틔운 씨앗에서 나오고
바람은 바람을 흔드는 잎에서 비롯되며
그 모습을 가만히 지켜보는 우리는
별다른 말 없이도 아름다움을 느낀다.

구청顧城, 중국 시인

러바오,
자유로운 영혼을 가진 '러스타'

푸바오에 대해 본격적으로 살펴보기 전에 지금의 푸바오를 있게 한 바오패밀리부터 알아보자.

바오패밀리는 원래 다섯 식구로, 이름의 마지막 글자는 모두 '바오 寶'이다. 러바오樂寶(혈통번호 841), 아이바오愛寶(혈통번호 869), 푸바오福寶(혈통번호는 아직 발급받지 않은 상태), 루이바오睿寶(혈통번호는 아직 발급받지 않은 상태), 후이바오輝寶(혈통번호는 아직 발급받지 않은 상태)가 가족 구성원이다. 그러다 강철원 사육사와 송영관 사육사에게 판다 가족의 돌림자인 '바오'를 붙여 강바오와 송바오로 부르기 시작했고, 그렇게 판다 다섯 마리와 '판다 할부지' 두 명이 함께 지내면서 '바오패밀리'라고 불리게 되었다. 이로써 바오패밀리는 화목하고 단란한 일곱 식구가 되

2023년 8월 11일 [사진=미즈오 코지로]

었다.

아이바오와 러바오는 중국 판다보호 연구센터 야안雅安의 비펑샤碧峰峡 판다 기지에서 태어났다. 중국에서는 각각 '화니華妮'와 '위안신園欣'이라는 이름으로 불렸다. 2016년 3월 3일 커플로 선정된 화니와 위안신이 에버랜드로 이주하면서 15년 동안의 한국 생활이 시작되었다. 한중 양국이 SNS를 통해 판다 이름을 공모한 결과, 접수된 8,500여 개의 이름 가운데 '아이바오(사랑스러운 보물)'와 '러바오(기쁨을 주는 보물)'라는 사랑스러운 이름들이 채택되었다. 에버랜드 '판다월드'는 2016년 4월 21일부터 아이바오와 러바오를 관람객에게 처음 선보였다. 이로써 중국에서 온 판다 커플 아이바오와 러바오가 새로운 보금자리에서 한국 국민들을 정식으로 만나게 되었다.

아이바오와 러바오가 거주하고 있는 에버랜드의 '판다월드'는 1994년 중국에서 보낸 자이언트판다 리리莉莉(혈통번호 387)와 밍밍明明(혈통번호 385)이 4년 동안 머물렀던 곳을 200억 원 가량을 투자해 개조한 사육장이다. 곳곳에 대나무와 단풍나무를 심었고 천연 잔디, 인공 폭포, 물웅덩이 등을 조성하여 자이언트판다의 고향인 중국 스촨四川의 판다 서식지와 유사한 환경을 재현했다. 아이바오와 러바오가 건강하게 잘 지낼 수 있도록 기반을 다진 셈이다.

에버랜드를 찾은 관람객들은 판다를 만나 환호했고, 금세 사랑에 빠졌다. 아이바오와 러바오 덕분에 행복해진 관람객들은 푸바오와 루이바오, 후이바오까지 탄생하자 마치 자기 가족이 생긴 것처럼 반겼다.

에버랜드에서. 2024년 2월 23일 [사진=미즈오 코지로]

바오패밀리에 대해 좀 더 깊이 알아보기 위해 바오패밀리의 첫 번째 구성원인 위안신, 즉 지금의 러바오부터 살펴보자.

2012년 7월 28일, 러바오는 중국 판다보호 연구센터 야안 비펑샤 판다 기지에서 태어났다. 러바오의 아빠는 위안위안圓圓(혈통번호 488)이고 엄마는 룽신龍欣(혈통번호 516)이다.

러바오의 아빠 위안위안은 1999년 8월 23일, 베이징 동물원에서 태어났다. 성격이 온순하고 친화력도 있는 데다 지능이 높아 적응력 또한 뛰어났다.

2001년 7월 13일, 위안위안은 러시아로 보내졌다가, 사육시설에서 생활하는 자이언트판다의 유전적 다양성을 극대화하기 위해 사육시설 간 유전자 교류를 진행하기로 결정하여 2008년 5월 17일, 중국 자이언트판다 보존 연구센터 비펑샤 기지로 옮겨졌다. 이후 2011년 8월 6일, 위안위안은 베이징 동물원으로 다시 이주한다. 아들 러바오가 한국으로 보내진 후 2019년 4월 15일, 위안위안은 4년간의 연구 협력을 위해 오스트리아 비엔나로 이주하여 현재까지 쇤브룬 동물원에서 잘 지내고 있다. 위안위안은 사육시설에서 생활하는 판다의 연구 및 번식에 커다란 공헌을 했

러바오. 2023년 2월 23일 [사진=미즈오 코지로]

러바오. 2023년 2월 23일 [사진=미즈오 코지로]

다고 볼 수 있다.

러바오의 엄마 룽신은 2000년 8월 18일, 중국 판다보호 연구센터 허타오핑核桃坪 야생화 훈련기지에서 태어났다. 룽신은 엄마 레이레이雷雷(혈통번호 374)와 아빠 판판盼盼(혈통번호 308) 사이에서 태어나 방대한 '판판 가족'의 일원이 되었다. 룽신은 귀가 크고 얼굴이 둥근 편인 데다 예쁘기까지 하다. 성격도 쾌활하고 밝은 편이다.

러바오는 엄마의 활발하고 대범한 성격을 그대로 물려받았고, 아빠처럼 여러 곳으로 거주지를 옮기며 다양한 경험을 쌓은 '판생(판다 인생)'을 살고 있다. 러바오는 중국 판다보호 연구센터 야안 비펑샤 판다 기지에서 태어나 두장옌都江堰 판다 기지로 옮겨졌고, 이후에 한한憨憨과 함께 산둥성 린이臨沂동물원으로 이주하였다. 러바오는 특유의 밝은 성격으로 방문하는 관람객들에게 기쁨을 가득 채워주었다.

러바오는 판다계의 최고 미남이다. 등에 있는 'V' 자 검은 무늬, 양송이 모양의 쫑긋한 귀에 얼굴은 동안이다. 거대한 체구지만, 특히 뒷다리 힘이 센 덕에 나무타기의 달인으로 유명하다. 방사장 울타리도 잘 타고 큰 나무도 가뿐히 기어오른다. 실제로 에버랜드에 가보면 러바오가 높은 나무에 올라 저 멀리 북적거리는 팬들을 내려다보며 즐거워하는 모습을 종종 볼 수 있다.

러바오는 재롱도 잘 부리고, 먹고 마시고 노는 걸 좋아한다. 유유자적 마음껏 끼를 펼치고 자유롭게 사는 모습에 '러스타'라는 별명도 생겼다. MBTI로 치자면 영락없는 E의 모습이다.

강철원 사육사가 러바오를 처음 만난 2016년 1월로 시곗바늘을 돌려보자. 에버랜드의 강 사육사는 러바오가 한국에 오기 전에 먼저 중국 스촨을 찾아 판다들과 같이 생활하였다. 판다의 습성이나 감정 등을 미리 익혀 한국에서 판다를 더 잘 돌보기 위함이었다. 강 사육사는 러바오를 처음 보자마자 활발한 성격에 매료되어 사랑에 빠졌다.

에버랜드행을 앞두고 얼마 남지 않은 시점에 커플이 된 두 살의 아이바오와 세 살의 러바오는 두장옌 판다 기지에서 생활하고 있었다. 그 기간 동안 러바오의 밝고 순한 성격을 보며 사람들은 아이바오와 러바오가 앞으로 행복한 결혼 생활을 하게 될 거라 예감할 수 있었다.

러바오는 아름다운 외모의 아이바오가 밥을 먹고 있는 모습을 지켜보는 걸 좋아했다. 나무를 잘 타는 아이바오를 보면 따라 올라가 아는 척을 하고 싶어하기도 했다. 하지만 높은 담장 때문에 힘껏 담장을 짚고 일어선 채로 아이바오를 올려다 볼 수밖에 없었다. 높은 나무에 올라가 있는 아이바오도 잘생긴 러바오의 일거수일투족을 슬쩍 지켜보곤 했다고 전해진다.

MBTI가 E로 추정되는 러바오도 에버랜드로 이주한 뒤에는 한동안 조심스럽게 생활했다. 낯선 환경을 만나면 누구든 적응 기간을 거쳐야 하는 법이니까. 앞발을 모으고 멍하니 앉아있는 러바오를 본 팬들은 귀여워하면서도 한편으로는 안쓰러운 마음이 들었다. 외향적인 판다가 아니라 대인공포증에라도 걸린 가여운 어린아이처럼 보였기 때문이다.

다행히 에버랜드에는 러바오와 한동안 같이 생활했던 강철원 사육사, 러바오와 함께 한국으로 건너온 미녀 판다 아이바오가 있었다. 그 덕에 러바오는 얼마 지나지 않아 두려움을 던져버리고 MBTI E인 판다의 진면목을 드러냈다. 사육사가 따뜻하게 말을 걸면 러바오도 화답하듯 귀여운 발바닥을 쭉 뻗어 보이기도 했다. 자기 입맛에 맞지 않은 대나무를 갖다 주면 싫은 표정을 하며 한쪽으로 치우고 투정을 부리다가도, 판다가 먹는 영양빵인 워토우를 보면 눈을 가늘게 뜨고 더없이 행복한 표정으로 먹성을 뽐냈다.

눈이 많이 내리는 날에는 신나게 눈밭에서 공중제비를 돌거나 물구나무서기를 하기도 했다. 사육사가 한 시간 반 동안이나 공을 들여 만들어준 눈사람을 툭툭 쳐서 두세 번 만에 망가뜨리기도 했다. 마침내 러바오는 에버랜드 생활에 완벽히 적응하여 유유자적하고 행복한 삶을 살기로 마음먹은 듯 보였다.

이제 러바오는 세 딸아이의 아빠가 되어 팬들은 아빠 러바오의 진중한 모습도 볼 수 있게 되었다.

러바오. 2023년 8월 12일 [사진=미즈오 코지로]

아이바오,
우아하고 아름다운 '아여사'

　　바오패밀리의 또 다른 구성원인 아이바오(한국으로 오면서 화니에서 아이바오로 개명)를 만나보자.

　　2013년 7월 13일에 태어난 아이바오의 아빠는 루루蘆蘆(혈통번호 503)이고, 엄마는 신니얼新妮兒(혈통번호 692)이다. 루루는 야생에서 구조된 판다로 1999년 10월 24일, 스촨성 루산현蘆山縣에서 엄마와 헤어진 채로 발견되었다. 출생지인 루산현에서 이름을 따와 '루루'라고 불리게 되었다. 구조 이틀 후인 10월 26일, 루루는 중국 판다보호 연구센터의 허타오핑 야생화 훈련기지로 보내졌다.

　　루루는 건장하고 잘생겼다. '햄스터형' 얼굴의 대표 주자답게 입꼬리가 올라가 있는 '웃상'에, 귀가 크고 코도 오똑하며 눈 주위에 검은

아이바오. 2023년 5월 6일 [사진=미즈오 코지로]

아이바오. 2023년 5월 6일 [사진=미즈오 코지로]

털이 넓게 퍼져있다. 다만 약간 성격이 사납고 난폭한 편이다. 루루는 다큐멘터리의 단골 출연자로서 〈판다 종동원熊猫总动员〉과 〈지진: 판다 구조地震:搶救熊猫〉에 나온 적이 있고, 〈자이언트판다 루루의 일대기大熊猫蘆蘆傳奇〉 주인공을 맡기도 했다.

루루는 10년 넘게 24마리의 암컷 판다들과 교배하여 52마리의 새끼를 탄생시켰다. 야생에 성공적으로 보내진 타오타오淘淘(혈통번호 777)와 바시八喜(혈통번호 956), 베이징 동물원에서 생활하고 있는 별명이 '팡다하이胖大海'인 푸싱福星(혈통번호 1072), 2016년 에버랜드로 이주한 화니(아이바오)도 루루의 후손들이다.

아이바오의 엄마 신니얼은 2007년 9월 28일, 중국 판다보호 연구센터 허타오핑 야생화 훈련기지에서 태어났다. 2008년 7월 21일, 비펑샤 기지로 이주했다가 2015년 3월 31일에 다시 허타오핑 야생화 훈련기지로 돌려보내졌다. 신니얼은 아이바오가 한국으로 오기 전 십이지장폐색에 걸려 수의사들이 열심히 치료했음에도 불구하고 2016년 2월 26일, 세상을 떠나고 말았다.

신니얼의 딸인 아이바오는 예쁘고 우아한 '착한 딸'이다. 중국 판다보호 연구센터 야안 비펑샤 판다 기지에서 태어난 아이바오는 첫 번째 생일이 좀 지났을 무렵 두장옌 판다 기지로 옮겨졌다.

아이바오의 등 무늬는 'U' 자 형이고 두 귀는 커다란 양송이 모양에 귀 사이의 간격은 좁은 편이다. 동그란 얼굴의 아이바오는 빼어난 미모를 자랑한다. 사람처럼 판다의 성격도 각기 다 다른데, 푸바오는 장난기 많은 말괄량이인 반면 아이바오는 차분하고 얌전한 스타일이다. 예민해서 경계심이 많은 편이기도 하다. 푸바오가 성큼성큼 당차게 걸어 다니는 스타일이라면, 아이바오의 걸음걸이는 매우 우아하다. 화초라도 만나면 길을 돌아서 갈 정도로 행동이 조심스럽다.

강철원 사육사에게 아이바오의 첫인상은 '겁이 많고 주변 환경 변화에 민감하며, 낯선 물건에 대한 경계심이 많다'였다. 잘 모르는 사람이 아이바오의 이름을 부르면 바로 걸음을 멈추고 안전하다고 생각하는 곳으로 몸을 피하는 경향이 있었다. 그 당시 아이바오에게 강 사육사는 낯선 사람이었기 때문에 아무리 불러도 반응하지 않고 심지어는 피할 때도 있었다고 한다. 강 사육사는 이렇게 예민하고 경계심 많은 아이바오를 인내심 있게 돌보았다. 맛난 음식도 마련해 주면서 아이바오가 강 사육사에게 점점 익숙해지도록 했다. 아이바오도 그제야 조금씩 경계심을 풀기 시작했다.

아이바오가 처음 한국에 왔을 때는 새로운 환경에 잘 적응하지 못했다. 겁이 많고 경계심도 강한 탓에 대나무도 안전한 곳으로 가져가서 먹을 정도였다. 칠흑같이 어두운 밤에는 잠을 청하지 않고 눈을 동그랗게 뜬 채 주변을 살피며 경계하기도 했다. 아이바오가 적응을 잘 못 하는 것 같아 걱정이 된 강 사육사는 계속 말을 걸면서 인내심 있게 돌봐주었다. 경계심을 허물기 위해 아예 아이바오 방사장 옆에 야전 침대를 놓고 자기도 했다. 매일 아이바오에게 예쁘다며 칭찬과 격려를 아끼지 않은 강 사육사의 진심이 통했는지, 결국 아이바오가 마음을

아이바오(◀)와 푸바오(▶). 2022년 8월 6일 [사진=복보사랑]

활짝 열었다.

    강철원 사육사는 아이바오와 러바오가 향수병에 걸리지 않도록 매년 봄이 되면 방사장에 노란 유채꽃을 심어주었다. 또한, 아이바오가 두 번의 임신과 출산을 할 동안 강 사육사는 늘 곁에 머물며 지극정성으로 돌봐주었다.

    2020년 7월 푸바오가 태어날 무렵, 그리고 태어난 직후에도 강 사육사는 밤낮으로 아이바오의 상태를 주시하며 곁을 지켰다. 2020년 7월 20일, 드디어 푸바오가 탄생했다. 강 사육사는 '판다 아빠'를 넘어 '푸바오 할부지'로 이름을 알리게 되었다.

    산후조리 기간에 식욕이 떨어진 아이바오를 보고 마음이 아팠던 강 사육사는 손수 산후보양식을 준비했다. 댓잎으로 죽순을 하나하나 감싸 입에 넣어주었더니 다행히 잘 받아 먹었다.

    그리고 2023년 7월 7일, 아이바오는 강 사육사를 비롯한 여러 동물원 관계자들, 중국 전문가의 세심한 배려와 돌봄을 받으며 푸바오의 여동생들인 쌍둥이 루이바오와 후이바오를 출산했다. 아이바오는 쌍둥이 판다를 낳고 나서 둘 중 한 마리를 입에 문 채 강 사육사에게 다가왔다. 아이바오가 강 사육사를 얼마나 신뢰하는지 알 수 있는 장면이었다.

    강 사육사는 이번에도 산후보양식으로 죽순을 하나하나 댓잎으로 싸서 먹여줄 정도로 아이바오의 산후조리를 지극정성으로 도왔다. 물도 떠다 주면서 천천히 마시라고 당부할 정도였다. 등 뒤에서 부드럽게

빗질도 해주며 아이바오의 마음이 편안해질 수 있도록 도와주기도 했다. 보통 엄마 판다는 새끼 보호 차원에서 외부인이 접근하지 못하게 한다. 하지만 강 사육사를 신뢰했던 아이바오는 전혀 경계심을 보이지 않았고 오히려 아빠의 사랑을 듬뿍 받는 딸처럼 굴었다.

이제 어엿한 세 아이의 엄마가 된 아이바오는 모성애가 강한 만큼 아이들도 잘 돌보았다. 멋진 판다 엄마가 된 것이다. 이렇게 완성된 전 세계의 슈퍼스타 '푸바오, 루이바오, 후이바오를 비롯한 바오패밀리' 는 많은 인기를 끌고 있다.

아이바오.
2023년 5월 6일 [사진=미즈오 코지로]

바오패밀리네
세 자매

　한국에 오면서 '화니'는 '아이바오'로, '위안신'은 '러바오'로 개명했다. 이름만 봐도 알 수 있듯이 아이바오와 러바오는 사랑과 행복을 주는 존재가 되길 기원하는 한중 국민들의 바람을 담고 있다. 푸바오, 루이바오, 후이바오의 이름에도 특별한 의미가 있다. 푸바오는 '행복을 주는 보물', 루이바오는 '슬기로운 보물', 후이바오는 '빛나는 보물'을 뜻한다.

　푸바오는 2020년 7월 20일 밤 9시 49분, 몸길이 16.5센티미터, 몸무게 197그램으로 태어났다. 아이바오와 러바오의 첫 아이이자 국내 최초로 자연 번식에 성공한 판다였다. 에버랜드는 2020년 9월 22일부

2023년 9월 24일 [사진=원페이페이]

터 10월 11일까지 아기 판다 이름 투표 이벤트를 진행했다. 그 결과 1만 7,000여 표로 가장 많은 표를 받은 푸바오를 최종 이름으로 선정하여 11월 4일 대중에 공개했다. 에버랜드 측은 푸바오가 이름처럼 많은 이에게 행복을 선물해 주길 바란다고 했다.

푸바오는 등 무늬가 매력적인 판다이다. 팬들은 'V' 자 등 무늬가 꼭 아이바오와 러바오가 손을 잡고 있는 모습 같다고 말한다. 리본 모양이라며 마치 선물처럼 느껴진다고 말하는 팬들도 있다. 또한 두 귀 사이에는 털이 살포시 솟아나 있어 마치 볼록한 안테나를 달고 있는 것처럼 보인다. 우리가 푸바오에게 주는 사랑을 수신하고 푸바오가 우리에게 주는 행복을 전송하는 안테나 같은 느낌도 든다.

몇 년 만에 건강하고 활발한 어른 판다가 된 푸바오는 연일 최고의 인기를 구가하며 이슈몰이를 하고 있다. 판다계의 '손예진'이라며 '푸예진'이라는 별명까지 생겼을 정도이다. 이외에도 '푸공주(푸바오+공주), 푸뚠뚠, 뚠바오, 푸룽지(푸바오+누룽지), 뚠빵이' 등의 애칭으로 불리며 많은 사랑을 받고 있다.

푸바오는 태어나기 전에도 사람들의 기대를 한 몸에 받았고, 태어나는 순간부터 많은 관심과 사랑을 누

2023년 8월 11일 [사진=미즈오 코지로]

렸다. 특히, 푸바오가 중국으로 반환될 예정이라는 소식이 전해진 뒤로는 매일같이 푸바오를 보기 위해 에버랜드의 긴 줄을 마다하지 않는 사람들도 있었다. 푸바오 사진이나 영상을 인터넷에 올리기만 해도 조회수가 급증하기도 했다. 그만큼 푸바오는 국민들에게 커다란 행복과 기쁨을 주는 사랑스러운 판다이다.

푸바오의 세 살 생일이 다가올 즈음 에버랜드는 '푸바오 매니저 체험 일일 아르바이트'를 모집한다는 공고를 냈다. 7월 중 하루를 선택해 오후 3시 30분부터 약 한 시간 동안 푸바오의 일일 매니저가 되는 업무였다(다만 푸바오에게 직접 다가갈 수 없다는 조건이 있었다). 푸바오 할부지 강철원 사육사와 송영관 사육사를 도와 푸바오의 세 번째 생일 선물을 준비하는 아르바이트로 시급이 50만 원에 달했다. 세 명을 뽑는데 1만 3,620명의 지원자가 몰렸다. 인스타그램에는 "푸바오랑 같이 있는 거라면 돈을 내고서라도 하겠다.", "수당 안 받아도 되니까 푸바오 생일을 옆에서 챙겨주고 싶다."는 댓글들이 달리기도 했다. 이처럼 푸바오는 행복을 주는 보물 역할을 톡톡히 해냈다.

루이바오와 후이바오는 2023년 7월 7일 쌍둥이 자매로 태어났다. 한국에서 탄생한 첫 쌍둥이 판다이다. 루이바오는 2023년 7월 7일 새벽 4시 39분, 몸무게 180그램으로 태어났고 후이바오는 같은 날 새벽 6시 39분, 몸무게 140그램으로 태어났다. 2023년 8월, 에버랜드는 쌍둥이 판다의 이름을 모집하는 이벤트를 열었다. 2023년 10월 12일, 쌍둥이 판다가 대중에게 처음 모습을 드러내면서 '루이바오', '후이바오'라는 이름도 함께 공개됐다. 쌍둥이 판다 이름은 한중 양국 70만 명이 온·오프라인으로 진행한 두 차례 투표를 통해 선정되었다. 각각 '슬기로운 보물'과 '빛나는 보물'이라는 의미가 담겨있다. 판다 이름은 대부분 사람들이 판다의 앞날을 축복하는 뜻으로, 아름다운 의미를 지닌 말로 지어준다. 두 마리의 귀여운 아기 판다를 비롯한 세상의 모든 판다들이 건강하게 잘 자라 즐겁게 생활하기를 다들 바라고 있다.

루이바오와 후이바오 자매는 서로 닮았지만 루이바오의 등 무늬가 후이바오보다 넓다는 차이점이 있다. 루이바오는 콧잔등에 소용돌이 모양 가마가 두 개, 후이바오는 한 개라는 점도 다르다. 루이바오는 특유의 사랑스런 눈빛과 햇살처럼 눈부신 미소로 팬들의 마음을 사로잡았다면, 후이바오는 자랄수록 러바오를 닮아가는 개구쟁이 면모로 사람들의 시선을 끌고 있다.

바오패밀리는 세계적으로도 꾸준히 많은 관심과 사랑을 받고 있다. 아이바오가 갓 태어난 쌍둥이 아기 판다를 돌보는 사진은 미국 시사주간지 〈타임〉이 뽑은 '2023년 올해의 100대 사진'에 선정되었다. 2023년 12월, 중국 국영방송인 CCTV는 에버랜드와 함께 바오패밀리의 영상을 촬영하는 프로젝트를 시작했고, 판다 채널을 통해 바오패밀리만을 위한 프로그램을 개설하기도 했다.

후이바오(◀)와 루이바오(▶). 2024년 1월 6일 [사진=미즈오 코지로]

루이바오(◀)와 후이바오(▶). 2024년 1월 8일 [사진=미즈오 코지로]

2023년 12월 29일 [사진=미즈오 코지로]

2장

푸바오 공주

시련을 겪으면서 단단해지고
고난을 헤쳐나가면서 용감해진다.
힘든 일을 만날수록 대범해지고
더욱 나아진 모습의 내가 된다.

왕궈전汪國眞, 중국 시인

우여곡절
푸바오 탄생 스토리

　판다의 번식이 어려운 데는 세 가지 이유가 있다. 첫째, 가임기가 짧다. 둘째, 교배를 하더라도 임신까지 가기가 힘들다. 셋째, 미숙아로 태어나기 때문에 잘 키워내기가 어렵다.

　중국이 수십 년의 노력을 기울여 이러한 문제들을 하나하나 공략해 나간 결과, 인공 번식에 성공하는 사례가 증가하고 있는 추세이다. 중국은 이에 그치지 않고 야생판다의 생존 환경 보존에 더 큰 공을 들이고 있다. 2024년 1월 25일 중국 국가임업초원국国家林业和草原局 발표에 따르면, 중국 야생판다 개체 수는 약 1,900여 마리까지 증가하였고 전세계 사육판다 개체 수는 728마리에 달한다.

2024년 1월 2일 [사진=미즈오 코지로]

　　서울에서 중국 스촨성까지의 물리적 거리는 약 2,000킬로미터에 달한다. 매우 먼 거리이지만 서로 돕고자 하는 마음이라면 심리적 거리는 0이 될 것이다. 2020년 3월부터 7월까지 약 2,000킬로미터의 물리적 거리가 무색할 만큼 에버랜드와 중국 판다보호 연구센터는 긴밀하게 교류해 나갔다. 양국의 판다 팬들 모두 아이바오와 러바오가 순조롭게 교배를 마치고, 아이바오가 무사히 순산하여 한국에서 처음 탄생하는 판다를 만나볼 수 있기를 간절히 바랐다.

2023년 9월 24일 [사진=원페이페이]

2020년 3월, 만 7세가 되어가는 아이바오에게 발정기가 찾아왔다. 지켜보던 이들은 흥분과 긴장감을 감출 수 없었다. 한국에서는 판다를 번식시킨 경험이 전무하여 아이바오와 러바오의 교배를 성공적으로 이끌 방법을 연구해야 했다. 게다가 코로나19가 심각하던 시기여서 중국 전문가들이 에버랜드 현장을 찾아 번식을 도와줄 수 없는 상황이었다. 결국, 중국 판다보호 연구센터와의 온라인 클라우드 멘토링을 통해 에버랜드는 마침내 판다 번식을 위한 효율적인 커뮤니케이션 프로그램을 구축했다. 에버랜드는 판다 혈액 및 소변을 검사하고 호르몬 변화를 분석하는 등의 방법으로 짝짓기 날짜를 3월 21일로 정했다. 중국 판다센터 전문가가 세심하게 멘토링하고 한중 양국이 함께 노력한 결과, 아이바오와 러바오는 자연 교배에 성공하였고 아이바오의 순산으로까지 이어졌다.

판다는 임신 기간이 보통 3~4개월 정도로 길지 않은 편이다. 판다는 대체로 3, 4월에 임신을 하고 7, 8월에 출산한다. 따라서 판다들의 생일은 7, 8월에 집중되어 있다. 앞에서 언급한 판다들 가운데 위안위안, 룽신, 러바오, 아이바오의 생일도 모두 그때 즈음이고, 신니얼만 9월생이다. 중국의 인기 판다 멍란萌蘭, 멍란과 다섯 살 차이의 쌍둥이 여동생들인 허화和花, 허예和葉도 7월생이다.

아이바오 임신 후 3개월 남짓 기다리며 지켜본 결과, 2020년 6월 아이바오는 출산이 임박한 듯한 행동과 증세를 보였다. 활동이 줄어들고 식욕이 부진해진 것이다. 판다 번식 경험이 없는 상태에서 아기 판

2023년 7월 21일 [사진=미즈오 코지로]

2022년 4월 5일 [사진=복보사랑]

다의 탄생을 앞두게 된 한국은 판다의 출산일이 언제인지, 어떤 준비를 해야 하는지 등 정보가 부족했다. 아이바오가 언제 출산할지, 순산은 할 수 있을지, 출혈을 많이 하거나 난산을 하는 건 아닐지 모두가 마음을 졸였다. 중국 판다보호 연구센터 전문가 우카이吳凱가 발 빠르게 에버랜드로 파견되어 24시간 판다를 돌보는 데 온 힘을 기울였다. 우카이는 어린 나이에도 판다 사육이나 번식, 인공 육아에 전문적인 지식이 있는 만큼 아이바오가 푸바오를 순산하는 과정에서 굉장히 중요한 역할을 했다.

　해외에 있는 판다가 출산을 할 경우 중국에서 현장으로 전문가를

파견해 판다의 출산을 돕고 조언을 해주는 것이 일반적이다. 이처럼 중국은 지난 수십 년 동안 판다 인공 번식 분야에서 거둔 연구 성과가 중요한 자료로 활용되고 있다.

당시는 코로나19가 창궐하던 시기였다. 한국으로 들어온 우카이는 호텔에 머물며 에버랜드 측에서 보내온 자료만으로 연구나 판단을 할 수밖에 없었다. 중국 전문가 그룹과 수시로 연락을 취하며 정보를 나누기도 했다. 판다의 출산일을 판단하는 데는 전문가의 경험이 매우 중요하다. 우카이를 통해 중국 전문가팀이 드디어 아이바오의 출산 예정일을 알려왔다.

에버랜드 관계자들은 공기 중에 불안과 긴장감이 맴돌 정도로 초조해했다. 시간이 흘러 아이바오의 출산이 임박한 순간부터는 카운트다운에 들어갔다. 아이바오도 첫 출산인 만큼 스트레스가 굉장히 컸다. 방사장을 이리저리 돌아다니거나 분만실 벽을 타고 올라가는 등 과민 행동을 보였다. 사육사는 아이바오가 무언가라도 물어뜯으며 고통을 이겨낼 수 있도록 종이 박스를 가져다주기도 하였다.

2020년 7월 20일 저녁 8시 20분, 아이바오의 양수가 터졌다. 판다는 분만 시간이 원래 긴 편인 데다 아이바오의 경우에는 첫 출산이다 보니 진통 시간도 길었다. 중국 전문가는 스크린에서 한시도 눈을 떼지 않고 모니터링을 했고, 방사장의 에버랜드 직원들도 숨을 죽인 채 아이바오의 분만을 지켜보았다. 아이바오는 거친 숨을 몰아쉬며 긴 시간 산통에 몸부림쳤다.

그날 밤 9시 49분, 아기 판다의 울음소리가 들리자 숨죽이며 아이바오 곁을 지키던 직원들은 기쁨을 감추지 못했다. 아이바오가 한 시간 반 동안의 산통 끝에 몸길이 16.5센티미터, 몸무게 197그램의 아기 판다, 우리의 푸바오를 건강하게 출산하였다.

처음 엄마가 된 아이바오는 무척 긴장되고 초조한 모습이었다. 아기 판다를 물어 올리려 몇 번 시도한 끝에 마침내 아기를 안고 나서야 안심이 되는 듯 거친 숨을 몰아쉬었다. 현장을 지킨 직원 모두 첫 출산이었지만 힘든 과정을 극복해 낸 아이바오를 기특해했다.

아기 판다는 분홍색 피부에 흰 털이 아주 듬성듬성 나있는 상태로 태어나기 때문에 스스로 체온을 유지할 수 없다. 자칫하면 탈수 현상이 나타날 수 있어서 엄마 판다가 아기 판다를 품에 안고 온몸을 핥아주며 체온을 유지시켜 주어야 한다.

그렇게 푸바오는 모든 이의 기대와 사랑을 한 몸에 받으며 이 세상에 태어났다.

푸바오가 태어날 때 울려퍼진 우렁찬 울음소리가 멀찌감치 있던 러바오에게도 전해졌다. 사육사가 러바오에게 다가가 따뜻한 목소리로 "러바오, 너도 이제 아빠가 되었어."라고 알려주었다. 그러자 러바오는 알아듣기라도 한 듯 갑자기 흥분하더니 울타리를 오르려 안달이 났다. 본인이 아빠가 되었다는 사실을 정말 아는 듯했다.

2023년 12월 29일
[사진=미즈오 코지로]

습진과 여드름을 이겨낸
푸바오

모든 생명체는 자라면서 크고 작은 풍파를 거치기 마련이다. 푸바오가 지금처럼 건강하게 자랄 수 있었던 건 에버랜드 판다 전담 케어팀의 세심한 보살핌과 중국 전문가팀의 든든한 멘토링 덕이었다.

생후 6일째 푸바오에게 투명한 물집 모양의 습진이 생겼다. 태어나던 순간의 긴장된 분위기가 또다시 몰려왔다. 다행히 판다 사육팀과 전문가의 극진한 보살핌으로 생후 9일째 습진이 말끔히 사라졌다. 생후 10일째 되던 날 이번에는 등 왼쪽에 종기 같은 결절이 다섯 개 생겼고 이후 온몸으로 퍼지기 시작했다. 중국 판다센터 전문가 그룹의 진단 결과, 결절성 여드름이었다. 중국 측은 한국 측 수의사에게 신생아용 약물로 치료해 보라고 제안했다. 원인과 치료 방법을 알아냈지만 갓 태

2023년 8월 12일 [사진=미즈오 코지로]

2023년 2월 24일 [사진=미즈오 코지로]

어난 아기 판다에게 약을 발라주는 건 쉬운 일이 아니었다.

판다는 모성애가 강한 편이어서 누군가 자기 새끼에게 가까이 가면 절대 가만있지 않는다. 그래서 사육사가 먼저 아이바오의 주의력을 분산시킨 뒤 아기 푸바오를 몰래 꺼내서 약을 발라주었다. 그 상태로 인큐베이터에 넣고 약이 충분히 흡수된 뒤 푸바오의 몸을 면봉으로 닦아냈다. 그렇게 푸바오를 다시 아이바오에게 돌려주는 과정을 거쳤다. 두 모녀의 안전을 위함이었다. 다행히 일주일간의 치료가 순조롭게 진행되었고 사육사와 수의사팀이 세심하게 보살핀 결과, 푸바오는 건강하게 회복되었다.

푸바오는 아름다운 세상을 한시라도 빨리 보고 싶었는지 왼쪽 눈은 생후 15일 만에, 오른쪽 눈은 18일 만에 떴다. 눈동자가 아직 희끄무레하고 시력을 완전히 갖추지는 못한 상태였지만, 푸바오는 세계에서 가장 빨리 눈을 뜬 판다가 되었다.

판다는 원래 장기나 면역 체계가 완전히 발달하지 않은 미숙아로 태어난다. 생후 40일 정도가 지나야 시력이 갖춰지고 2개월 차에 청력이 완성된다. 푸바오는 눈을 너무 일찍 뜬 탓에 감염될 염려가 있었고 자칫하다간 실명할 가능성도 있었다.

우카이는 즉시 중국 판다보호 연구센터 전문가팀과 연락을 취했다. 전문가팀은 푸바오의 건강을 지키기 위하여 다음과 같은 조치를 내렸다.

첫째, 혹시 모를 감염에 대비해 사육시설의 소독을 강화한다. 사육사들도 반드시 철저한 소독 과정을 거친 뒤 아이바오, 푸바오 모녀와 접촉해야 한다. 둘째, 사육시설에 들어오는 빛의 강도를 약하게 한다. 인큐베이터에서 우유를 보충해 줄 때도 수건으로 눈을 가려주어 강한 빛이 눈동자를 자극하지 않도록 한다. 셋째, 푸바오가 모유를 충분히 먹을 수 있도록 아이바오의 산후식에 신경 써서 충분한 영양을 섭취하게 한다. 이외에도 푸바오에게 우유를 별도로 보충해 주어 성장과 발육에 필요한 영양분을 확보한다.

이처럼 많은 이의 세심한 보살핌으로 푸바오는 고비를 잘 넘기며 건강하게 자랐고 결국, 맑고 예쁜 두 눈을 갖게 되었다.

푸바오의 쌍둥이 자매 루이바오와 후이바오는 각각 생후 28일, 29일 만에 눈을 떴는데 이 역시도 다른 판다들에 비해 눈을 빨리 뜬 편이다. 푸바오 동생들도 좀 더 빨리 이 세상을 보고 싶었던 것 같다. 다행히도 눈을 빨리 뜬 것에 비해 별다른 문제가 생기지 않아 모두 안도했다. 지금은 맑은 눈을 가진 판다 두 마리로 잘 자라고 있다.

2024년 2월 18일 [사진=미즈오 코지로]

2023년 5월 6일 [사진=미즈오 코지로]

2023년 8월 11일 [사진=미즈오 코지로]

3장

푸바오의 행복한 삶

흘러넘친다는 건 그게 무엇이 됐든
행복한 일이다.

라이너 마리아 릴케Rainer Maria Rilke, 독일 시인

말괄량이 푸공주

　　말괄량이 푸바오는 태어나서 아빠랑 만날 일이 거의 없었는데도 하는 행동이 아빠 러바오와 비슷한 경우가 많았다. 엄마, 아빠의 얼굴을 골고루 닮은 푸바오는 엄마 아이바오의 단정한 이목구비와 아빠 러바오의 오각형 입술, 긴 다리를 물려받았다. 어떨 때 보면 엄마를 닮았고, 보는 각도에 따라서는 아빠와 비슷해 보여 팬들 사이에서 누구를 더 닮았는지에 대해 이슈가 되기도 했다. 푸바오는 러바오처럼 활발하고 장난기가 많지만 엄마 아이바오처럼 예민한 면도 종종 보였다.

　　태어난 지 1,000일이 넘자, 푸바오는 건강한 개구쟁이로 거듭났다. 활발한 성격에 영리하기까지 해서 더욱 사랑스러웠다. 강바오 말에 따르면, 푸바오는 똑똑한 만큼 자존심도 강한 판다라고 한다.

2023년 8월 12일 [사진=미즈오 코지로]

2023년 5월 7일 [사진=미즈오 코지로]

나무를 잘 타는 푸바오는 평소 나무 위에서 낮잠도 즐기곤 한다. 그러다 실내 방사장으로 퇴근할 시간이 되었는데도 안 내려오려고 버틸 때가 있다. 대나무를 가지고 나무에 올라가다가 몇 번이나 밑으로 떨어진 적도 있었다. 결국, 송바오가 대나무를 나무 위로 올려주었고 나중에는 푸바오가 나무에 앉아서 먹을 수 있도록 방사장에 있는 큰 나무에 아예 대나무를 갖다 놓기도 했다.

푸바오는 MBTI가 E인 러바오의 유전자를 물려받아 활발하고 명랑한 성격이다. 덕분에 방사장에 있는 풀이나 꽃이 제대로 자랄 틈이 없었다. 반면 엄마인 아이바오는 굉장히 사뿐사뿐 조심스레 걸어다니는 편이라 풀이나 꽃을 만나면 피해 가는 성격이다. 엄마의 성격을 닮지 않은 푸바오는 매일같이 나무를 뽑아 보금자리를 망가트리거나 방사장 바닥을 이리저리 굴러다니는 말썽꾸러기이다. 특히 사육사 할부지들이 손수 심어준 유채꽃이나 남천나무는 뿌리가 뽑힐 정도로 푸바오에게 눌리고 짓이기는 수모를 겪어야 했다. 하지만 사육사들은 항상 푸바오가 망가트린 유채꽃과 남천나무를 다시 심어주었다. 푸바오의 말괄량이 면모가 유감없이 드러나는 일화이다. 푸바오가 꽃이나 나무를 망가트리는 수많은 명장면은 사람들에게 즐거움과 행복을 주었다.

어린 시절의 푸바오는 '근면성실 푸바오'로 불리기도 했다. 관람객들과의 만남이 끝난 '퇴근 시간'에도 내실로 들어가는 것을 싫어해 얻은 별명이다. 사육사 할부지들이 푸바오를 어르고 달래서 퇴근시키는 일은 매번 전쟁과도 같았다. '푸바오를 들어올려서 내실로 옮기는 일'로 할부지들이 애를 많이 먹었다. 처음에는 업어서 데려다줬는데 좀 더 크고 나서는 겨우 안아서 옮겼다. 그러다 푸바오가 너무 무거워지자 할부지 둘이 같이 들어올리거나 끌기도 하면서 퇴근을 시켰다. 나중에 송바오는 사과로 푸바오를 유인해서 내실로 들어가게 하는 노하우까지 생겼다.

야생판다는 대부분 해발이 높고 겨울에는 눈이 쌓이는 고산지대에서 생활한다. 한국은 지리상 북쪽에 위치해 있어 겨울에 춥고 건조하여 눈이 자주 내리는 편이다. 하지만 겨울인데도 눈이 내리지 않을 때면 사육사들은 판다가 즐겁게 놀 수 있도록 인공눈으로 설경을 만들어줬다. 푸바오는 눈 내리는 걸 특히나 좋아해서 폭설이라도 내리는 날에는 몸에 눈을 묻히며 데굴데굴 굴러다녔다. 그 모습이 꼭 온몸에 설탕을 묻히는 것처럼 보였다. 그 덕에 푸바오는 눈놀이 하는 명장면을 많이 남겼다.

강바오는 눈 오는 날 푸바오가 눈 쌓인 바닥에 앉은 채로 눈 덮인 대나무를 확 잡아당긴 순간, 푸바오 머리 위로 눈발이 날리던 장면이 가장 기억에 남는다고 했다. 눈발에 뒤덮인 푸바오는 처음에는 어리둥절해했지만 이내 팔을 휘저으며 날리는 눈송이를 잡느라 정신없어 하는 모습이 굉장히 귀여웠다. 대나무의 눈도 털어내며 즐거워하는 푸바오를 본 강바오는 푸바오가 행복해한다는 걸 느낄 수 있었다.

2023년 12월 30일 [사진=미즈오 코지로]

푸바오가 한국에서 보내는 마지막 겨울, 다행히 여러 차례 폭설이 내렸다. 푸바오는 눈밭을 구르며 즐거운 시간을 보냈다. 쌓인 눈을 자기 몸에 뿌리기도 했는데, 그 모습이 꼭 털에 쌓인 먼지를 맑고 투명한 눈송이로 한 톨 한 톨 털어내는 것처럼 보였다. 하얀 설탕을 온몸에 두른 듯한 푸바오는 너무 예뻤다.

나무를 능숙하게 타는 푸바오에게도 돌발 상황이 일어날 때가 있었다. 나뭇가지 사이에 끼어서 못 빠져나오는 경우이다. 너무 세게 끼어서 울부짖은 적도 있다. "할부지 어딨어요? 빨리 구해주세요!"라며 살려달라고 소리 지르는 것 같은 울음소리였다. 다행히 그때 바로 옆에 송바오가 있었지만 푸바오를 빼내기가 쉽지 않았다. 결국 별문제 없이 구출된 푸바오는 멋쩍은 표정으로 길게 한숨을 내쉬었다.

어느 날은 푸바오가 무슨 생각인지 갑자기 가늘고 기다란 나뭇가지에 거꾸로 매달린 채로 왔다 갔다 하고 있었다. 그러다 팔에 힘이 서서히 풀렸고, '탁' 하는 나뭇가지 부러지는 소리와 함께 밑으로 떨어져버린 일화도 있다.

푸바오는 대체로 아이바오나 러바오보다 밥을 많이 먹었지만, 러바오처럼 편식을 할 때가 있었다. 대나무를 꺼내서 냄새를 맡아보고 취향이 아닌 건 저 멀리 던져버리고 다른 대나무를 가져다가 먹었다. 한꺼번에 대나무 여러 개를 골라 개중에서 마음에 드는 걸 찾아내는, 편식하는 모습은 귀엽기까지 했다.

2024년 1월 3일 [사진=미즈오 코지로]

2023년 5월 7일 [사진=미즈오 코지로]

뿐만 아니라 푸바오는 아빠 러바오처럼 '제 힘으로 먹고 살기'에 능하다. 입에 맞지 않는 대나무를 가져다주면 아예 자기 손으로 직접 장식용 대나무를 꺾어다 먹는다. 부녀가 거의 만난 적이 없는데 하는 행동은 많이 닮아서 강바오도 놀랄 때가 많았다.

　　푸바오는 당근도 좋아한다. 대나무를 먹다가 송바오가 저 멀리 당근을 가지고 오는 모습이 보이면 먹던 대나무를 내던지고 입안에 있던 댓잎을 뱉어낼 정도이다. 두 눈으로 송바오가 들고 있는 당근만 쳐다보며 얼른 제 입에 넣어주길 기다리면서 말이다. 아삭아삭한 식감의 당근을 먹을 때면 푸바오 얼굴에서 기쁨과 만족감이 고스란히 느껴진다.

　　핼러윈 데이에는 송바오가 이벤트로, 호박과 대나무로 마법 빗자루를 만들어서 놀이터에 있는 평행봉 아래쪽에 일자로 매달아 놓고, 당근도 밧줄 위쪽에 묶어 숨겨두었다. 푸바오는 당근을 먹기 위해 기지를 발휘했다. 먼저 빗자루를 붙잡고 일어나서 좀 더 아래쪽에 묶여있는 당근부터 먹어치웠다. 하지만 꼭대기에 묶여있는 당근은 아무리 손을 뻗어도 닿지 않았다. 그럴수록 더 빗자루 쪽으로 몸을 기울여서 높이 오르려 애를 썼다. 빗자루를 밟고 서보려 했지만 밧줄에 매달린 빗자루가 좌우로 흔들려서 지탱하기 쉽지 않았다. 그럼에도 푸바오는 포기하지 않았다. 순간 푸바오는 뭔가 떠오른 듯 각도 위치를 스캔하고는 아예 평행봉으로 기어 올라갔다. 평행봉 중간에서 밑으로 손을 뻗어 드디어 당근을 손에 넣을 수 있었다. 그 장면을 지켜보던 송바오는 "우리 푸바오 머리 진짜 잘 쓰는구나!"라고 감탄했다.

2023년 7월 21일 [사진=미즈오 코지로]

2023년 11월 26일 [사진=복보사랑]

　푸바오는 어릴 때 엄마 아이바오의 워토우(영양빵)를 몰래 뺏어 먹곤 했다. 할부지가 준비해 준 대나무 식단에서 아이바오의 워토우를 살짝 꺼내간 적도 있다.

　그러고 나서 앞발로 가리고 좌우를 살피며 들킬까 조심스레 행동했지만, 안타깝게도 근처에 있던 송바오에게 발각되고 말았다. 송바오가 다가오는 걸 본 푸바오는 워토우를 입에 문 채로 황급히 나무에 올랐다. 가장 높은 곳에 올라가서 뒤를 돌아보며 자기 계획대로 되었다고 생각하는 듯했다.

　하지만 송바오가 으름장을 놓자 푸바오가 놀라 입이 벌어지면서 워토우가 아래로 떨어져 버릴 줄 누가 알았겠는가. 워토우를 주워서 돌

아가는 송바오의 뒷모습을 하염없이 바라보고 있는 푸바오의 억울한 표정이 안쓰러우면서도 웃음을 자아냈다.

사육사들은 사육판다가 섭취하는 영양소의 균형을 맞추기 위하여 곡물과 계란을 섞은 빵인 워토우를 간식으로 만들어준다. 판다는 개체 마다 신체 조건에 차이가 있어 먹이 섭취량이 각기 다르다. 판다의 건강 을 위해 사육사는 워토우를 그램까지 정확하게 계산하여 제공해야 한 다. 판다의 주식은 90퍼센트 이상이 대나무이므로 간식인 워토우는 영 양 보충용으로 꼭 적당량을 맞춰 지급해야 한다.

2023년 12월 3일 [사진=원페이페이]

2024년 1월 6일 [사진=미즈오 코지로]

‘푸바오 할부지’로 불리는 강바오와 송바오는 늘 세심하게 푸바오를 돌봐주었다. 활발한 말괄량이 푸바오 공주에게는 애교가 일상이지만, 가끔씩 화를 내거나 삐질 때도 있었다.

하루는 이런 적도 있었다. 송바오가 대나무를 정리하는 모습을 본 푸바오는 장난을 걸고 싶었는지 송바오에게서 눈을 떼지 않았다. 그런데 대나무 정리를 마친 송바오가 푸바오의 장난스러운 눈빛을 알아채지 못한 채 대나무를 메고 그냥 가버리자 푸바오는 허망한 표정으로 제자리에 주저앉았다. 송바오가 새 대나무를 가지고 오기만을 기다린 푸바오는, 송바오가 대나무를 한 개씩 건네줄 때마다 삐진 듯 하나하나 뿌리쳤다. 마치 사랑 가득한 할아버지가 고집 센 손녀를 못 이기는 장면처럼 보였다.

푸바오는 강바오가 훈련한 대로 관람객들에게 앙증맞게 인사를 하고, 송바오와 함께 다양한 게임을 하기도 하면서 하루를 보내곤 했다. 말괄량이 기질은 푸바오의 천성이었다. 판다는 아이큐가 높은 편이라 푸바오도 사람들이 모두 자기를 귀여워한다는 걸 잘 알고 있고, 호감을 보이는 이들에게 친근감과 감사함을 표하는 행동도 할 줄 알았다. 귀여움과 활발한 모습을 유감없이 발휘하는 순간이기도 했다.

강바오와 송바오는 어느새 푸바오의 삶과 유기적으로 연결되어 있었다. 생명체 대 생명체로 믿음과 정을 나누는, 말 그대로 가족 같은 사이가 된 것이다.

장난꾸러기 푸공주

판다는 모성애가 강한 동물이라 새끼가 태어나면 최선을 다해 돌본다. 또한 정이 많은 동물이어서 자기 새끼가 아니더라도 정성스럽게 돌봐주는 성향이 있다. 중국 청두 자이언트판다 번식연구기지成都大熊猫繁育研究基地의 판다 화화花花(혈통번호 1237)는 태어난 지 9개월 만에 엄마 청궁成功(혈통번호 522)의 품을 떠나 위안룬圓潤(혈통번호 853)에게 맡겨졌다. 양엄마인 위안룬은 갑자기 맡게 된 화화를 잘 데리고 다니면서 살아가는 데 필요한 능력을 길러주었다.

처음 엄마가 된 아이바오는 하얗고 보드라운 아기 판다가 탄생한 순간 당황해하며 어쩔 줄 몰라 했다. 하지만 곧 본능적으로 아기 판다

푸바오(◀)와 아이바오(▶). 2022년 7월 16일 [사진=복보사랑]

푸바오(◀)와 아이바오(▶). 2022년 5월 18일 [사진=복보사랑]

를 물어 올리려고 수차례 시도했다. 드디어 품에 안는 데 성공하자 그제야 거친 숨을 몰아쉬었다.

아이바오는 판다 중에서도 모성애가 강한 편이고 자기 새끼를 굉장히 사랑하는 판다이다. 푸바오가 태어나자 아이바오는 아기를 애지중지 조심스레 다루고 한시도 곁을 떠나지 않았다. 아이바오는 푸바오 생후 20일 동안 기대앉은 자세로 새끼를 품에 안은 채 절대 바닥에 내려놓지 않았다.

처음 엄마가 된 아이바오는 하루 종일 아이를 끼고 지냈다. 푸바오를 품고 있는 모습은 영락없이 아기를 안은 엄마였다. 가볍게 품에 안은 채 사랑스러운 눈길로 바라보며 얼굴을 갖다 댔다. 졸음이 몰려와 방사장에 누워있을 때조차 옆에 있는 푸바오를 끌어안는 걸 잊지 않았다. 휴식을 취하는 순간에도 아기가 잘 있는지를 먼저 확인하는 모성애 가득한 엄마였다. 푸바오도 여느 아기들처럼 엄마한테 완전히 밀착한 채 엄마 손을 만지작거리기도 하고 엄마 얼굴을 핥기도 했다.

시간이 흐르면서 푸바오는 하루가 다르게 커갔다. 아이바오는 푸바오에게 평행봉은 어떻게 건너는지, 대나무는 어떻게 먹는 건지, 물은 어디서 찾아 마셔야 하는지, 나무는 어떻게 오르는지를 알려주었다. 아이바오는 푸바오를 매우 애지중지하며 귀여워했다. 푸바오가 아무리 말썽을 부려도 생존에 필요한 각종 기술(능력)을 전수해 주는 건 잊지 않았다. 푸바오는 엄마와 늘 즐겁고 포근한 시간을 보냈다.

아이바오(◀)와 푸바오(▶). 2022년 8월 31일 [사진=복보사랑]

아기 푸바오도 그야말로 엄마 '껌딱지'였다. 밥도 엄마한테 딱 붙어서 먹고, 대나무를 쥐는 동작까지 엄마를 똑같이 따라 했다. 장난도 엄마한테 기대서 칠 정도였다. 물도 꼭 엄마와 같이 먹으려 해 그때마다 엄마 입과 부딪히기도 했다. 우리가 어릴 때 엄마가 먹는 밥이나 마시는 물이 더 맛있어 보였던 것처럼 푸바오도 그런 게 아닐까?

푸바오는 커갈수록 말괄량이 기질이 나오면서 어딜 가나 장난스러운 행동을 했다. 밥을 먹고 있는 엄마 등에 올라가 미끄럼을 타거나, 엄마가 맛난 대나무를 먹고 있으면 다짜고짜 뺏어가기도 했다. 엄마가 물을 마시고 있으면 살금살금 등 쪽으로 다가가 털을 잘근잘근 씹어서 한 움큼씩 뽑는 장난도 쳤다. 강바오가 심어준, 아이바오가 아끼는 유채꽃을 푸바오가 엉망을 만들어놓는 일은 비일비재했다. 아이바오가 훈육을 하는 중에도 까부는 푸바오를 본 사람들은 "푸바오가 아주 매를 버는구나, 매를 벌어."라며 웃음을 터뜨렸다.

강바오는 푸바오와 아이바오 사이에서 가장 인상 깊었던 장면을 바로 모녀간의 '냉전'으로 꼽았다. 어느 날 강바오는 내실에서 목격한 장면에 깜짝 놀라면서도 동시에 웃음이 터져 나왔다. 푸바오 모녀가 서로 눈도 안 마주치고 내실 양쪽 끝에 따로 떨어져 앉아있는 것이었다. 사람으로 치면 모녀 싸움을 한 것이나 마찬가지였다. 강바오는 둘 사이에 갈등이 생겼다는 걸 눈치채고는 바로 다가가 중재인 역할을 했다. 판다 모녀가 서로 화가 난 상태라 옆에서 아무리 달래도 소용이 없을 줄 누가 상상이나 했겠는가?

아이바오(▲)와 푸바오(▼). 2022년 8월 14일 [사진=복보사랑]

푸바오(▲)와 아이바오(▼) 2022년 7월 24일 [사진=복보사랑]

강바오가 무슨 일이냐고 물어보니 푸바오는 억울한 표정을 지었다. 고개를 돌려 아이바오한테 물어보자 푸바오가 슬슬 엄마 눈치를 보기도 했다. 세상 억울하다는 표정이 너무 귀여웠다. 마치 우리가 어릴 때 엄마가 화가 나있으면 엄마 기분이 어떤지 살펴보고 싶다가도 겁이 나 얼굴을 제대로 쳐다보지 못했던 모습과 흡사했다.

물론 엄마들은 다 똑같다. 제 자식을 사랑하지 않는 엄마가 어디 있을까? 아이도 마찬가지이다. 엄마를 마다하는 아이는 세상천지 어디에도 없을 것이다. 살면서 생기는 갈등이나 마찰이 물보다 진한 피의 사랑을 가로막을 수는 없다. 푸바오가 장난을 좀 쳐도 아이바오 눈에는 늘 사랑스러운 존재이다. 푸바오에게 아이바오는 어떻게 하면 어엿한 판다로 자라날 수 있는지 알려주는 너무나 좋은 엄마 그 자체이다.

푸바오는 하루하루가 다르게 성장했고 슬슬 엄마에게서 독립할 시기가 되었다. 하지만 두 살짜리 푸바오는 아직도 엄마 젖을 먹고 있었고, 아이바오는 푸바오 이빨 때문에 통증이 심한 와중에도 매몰차게 젖을 끊지 못하고 있는 상태였다. 사육사들은 자이언트판다의 습성을 고려해 푸바오와 아이바오를 조금씩 분리하며 독립적으로 생활하도록 유도했다. 열 몇 시간 동안 둘이 떨어져 있는 훈련을 받다가 상봉하면 아이바오는 푸바오를 꼭 껴안은 채 손을 놓지 않았다.

푸바오가 두 돌이 지난 9월 1일부터 두 모녀는 본격적으로 독립된 생활을 하기 시작했다. 푸바오가 엄마 곁에서 떨어지자 아이바오는 우울해했다. 푸바오의 냄새와 흔적을 찾는 건지 혼자 놀이터를 기웃거리는 모습이 외로워 보였다. 독립을 한 푸바오도 내실 문 앞에 앉아 엄마가 나타나기만을 기다리곤 했다.

둘이 떨어지고 나서야 온종일 붙어있던 때가 얼마나 좋았는지 알게 된 듯했다. 헤어지고 나서야 함께했던 순간이 얼마나 소중했는지 깨닫는 것처럼. 하지만 푸바오도 어엿한 어린이 판다가 되었고 언젠가는 중국으로 가서 '판생' 2막을 시작해야 했다. 생명체라면 살면서 한 번쯤은 겪어야 하는 과정이다. 판다는 독립적인 동물이어서 자연의 섭리에 따라 어느 정도 나이가 되면 엄마 품을 떠나 독립을 한다. 자신만의 영역을 찾아 독자적인 삶을 시작하는 것이다.

푸바오 '판생'의 매 순간도, 그걸 지켜보는 우리도 모두 소중한 경험을 갖게 된다. 우리 모두 푸바오의 행복한 판생을 응원한다.

2023년 2월 24일 [사진=미즈오 코지로]

2023년 5월 7일 [사진=미즈오 코지로]

2023년 5월 7일 [사진=미즈오 코지로]

장난감이 가장 많은 판다
'푸바오'

바오패밀리의 다섯 판다가 에버랜드에서 행복하게 살 수 있었던 건 사육사들의 극진한 보살핌 덕분이다. 바로 강철원 사육사와 송영관 사육사이다. 송바오는 푸바오를 위해 실외 방사장에 일명 '푸스빌Fu's Vill'이라고 불리는 예쁜 3층짜리 '별장'을 손수 지어주기도 했다. 푸바오에게는 느긋하게 낮잠도 자고 신나게 맛난 음식도 먹을 수 있는 휴가지가 생긴 셈이다.

'강바오'로 불리는 강철원 사육사는 1969년생으로, 어린 시절부터 동물을 좋아했다. 그는 고등학교 졸업 후 에버랜드의 전신인 '용인 자연농원'에서 근무를 시작했다. 그 후에 신구대학교 자원동물학과, 한경국립대학교 조경학과를 졸업하고 같은 학교 바이오 정보기술대학

원에서 동물생명공학 석사를 취득했다. 처음에는 쥐나 고슴도치 같은 소동물을 담당하다 나중에는 말이나 낙타, 대형 맹수까지 사육하게 되었다. 1994년, 자이언트판다 밍밍明明과 리리莉莉가 한국에 들어오면서부터 판다와 인연을 맺었다. 그때부터 판다에 대한 다양한 경험을 통해 풍부한 지식을 쌓았다. 1997년, 외환 위기로 동물원을 찾는 이들이 줄어들고, 에버랜드를 운영하는 삼성그룹도 경영난에 시달리면서 1998년 밍밍과 리리를 중국에 다시 반환할 수밖에 없었다. 이후

2016년 강바오가 중국 스촨성으로 넘어가 아이바오, 러바오와 잠시 함께 지낼 때, 예전에 돌보았던 암컷 판다 리리를 만나게 되었다. 하지만 18년 만에 만난 리리가 본인을 한눈에 알아볼 줄은 상상도 못 했다고 한다.

강바오는 판다를 잘 돌보기 위해 끊임없이 공부했을 뿐만 아니라 독학으로 중국어도 유창한 수준까지 익혔다. 푸바오가 중국에서 잘 적응할 수 있도록 평소에도 중국어로 자주 말을 건넸다고 한다. 강바오의 판다에 대한 사랑과 책임감을 엿볼 수 있는 에피소드이다.

강바오는 아이바오, 러바오와 늘 붙어 지내며 '판다 아빠'가 된 뒤로는 '판다 할아버지'가 되는 것이 가장 큰 바람이었다. 드디어 푸바오가 태어나 소원을 이루었을 때의 기쁨은 이루 말할 수 없었다. 이제는 '판다 손녀'가 셋이나 있는 어엿한 '판다 할부지'이다.

'송바오'로 불리는 송영관 사육사는 1979년생으로, 원래 관광 관련 학과를 전공한 대학생이었으나, 전역 후 복학을 앞두고 등록금을 마련하기 위해 에버랜드에서 아르바이트를 시작하면서 에버랜드와 인연을 맺었다. 이후 동물에 관심을 갖게 되고 2003년에는 사육사로 발탁되어 에버랜드 주토피아에 입사했다. 손재주가 좋아 판다월드 내에서 판다들의 행동 풍부화를 위한 장난감이나 놀이 시설을 자주 만들어주었다. 그 덕에 판다 팬들에게 많은 사랑을 받기도 했다. 송바오는 푸바오와의 에피소드를 계속 글로 풀어내다 보니 글쓰기에 관심이 생겨 이번에 세종사이버대학교 문예창작과에 입학해서 공부를 하고 있다.

후이바오(◀) 루이바오(▶). 2024년 1월 4일 [사진=미즈오 코지로]

2024년 3월 3일 [사진=복보사랑]

두 사육사는 동물에 대한 남다른 애정과 전문지식 그리고 인내심을 바탕으로 바오패밀리 다섯 식구에게 굉장히 가까운 사람으로 자리매김하였다. 두 사람 덕에 에버랜드의 판다월드가 동심과 즐거움이 가득한 놀이 공간으로 거듭날 수 있었다.

특히, 강바오는 푸바오와 소통을 유독 많이 했던 만큼 감동적인 에피소드들이 많다. 강바오에게 푸바오는 그저 판다 한 마리가 아니라 가족과도 같은 존재이다. 푸바오가 몇 월 며칠 몇 시에 태어났는지는 바로 말할 수 있지만 정작 딸아이가 태어난 시간까지는 정확하게 기억이 안 난다고도 했다. 강바오의 두 딸이 "우리보다 푸바오가 우선이죠?"라며 장난식으로 질투할 때 대답을 머뭇거리는 바람에 혼쭐이 난 경험도 있다고 한다.

강바오는 틈만 나면 방사장에서 푸바오와 놀아주는데, 신이 나면 흥에 겨워 둘이 하이파이브를 하기도 했다. 가려운 데를 긁어주면 기분이 좋아진 푸바오가 팔다리를 흔들어댈 때도 있고, 팔씨름을 하다가 지기라도 하면 강바오가 바로 달래줘야 할 때도 있었다. 푸바오가 탄 그네를 밀어주면서 함께 즐거운 시간을 보내기도 했다. 푸바오가 물놀이를 좋아해서 호랑이관에 있는 폭포를 옮겨 온 적도 있었다. 인내심 있게 나무 타는 법도 가르쳐주고 다양한 놀이도 같이 해주었다. 푸바오의 사진이 담겨있는 책이 출간되면 한 권씩 들고 가서 푸바오에게 직접 보여주는 것도 늘 해온 일이다.

강바오는 전문적이고도 굉장히 섬세한 사육사이다. 대나무도 깨끗하게 세척해 푸바오의 식탁에 올려줄 정도이다. 푸바오가 잘 먹는 당근이나 사과도 꼭 무게를 재서 적정량만 주는 등 과학적인 영양 배합을 반드시 지켰다. 푸바오가 어쩌다 밥을 잘 안 먹기라도 하면 강바오는 푸바오의 코를 쓰다듬으며 부드럽게 관심을 표현했다.

"왜 밥을 안 먹니?"

할부지들이 휴대폰으로 자꾸 사진을 찍어주다 보니 푸바오는 휴대폰에 호기심이 많았다. 고개를 쑥 내밀고 강바오의 휴대폰을 쳐다보기도 하고 셀카봉을 쥐고 강바오와 셀카 놀이를 하기도 했다. 사진을 찍을 때 얼굴을 쓰다듬어주는 강바오의 손을 꽉 잡기도 했다. 강바오와 푸바오의 돈독한 친밀감은 사람들에게 감동을 주었다.

푸바오가 하루가 다르게 커가자 강바오는 푸바오와 가까운 곳에서 만나는 시간을 줄여야 했다. 2022년 9월, 푸바오는 엄마 아이바오를 떠나 독립하고 11월부터는 할부지로부터도 떨어져 지내야 했다. 강바오에게 가장 기억에 남는 순간은, 푸바오가 독립하기 전날 둘이 벽에 나란히 기대서 앉아있을 때였다. 이때 강바오가 푸바오에게 말했다.

"내일부터는 할부지가 지금처럼 같이 못 있어줘. 그래도 힘들어하지 말아라. 아쉬워할 것도 없고 씩씩하게 살아나가면 돼. 할아버지가 늘 옆에서 지켜줄 테니까." 그러자 푸바오가 강바오 어깨에 손을 탁 올렸다. 마치 "할부지, 걱정 마세요. 저 잘할 수 있어요."라는 느낌으로,

2023년 8월 11일 [사진=미즈오 코지로]

2023년 10월 29일 [사진=봄보사랑]

걱정하지 말라고 위로하는 듯했다. 강바오는 그 장면을 영원히 잊을 수 없을 거라고 말했다.

　'손재주의 달인' 송바오는 푸바오에게 휴대폰, 안경, 그네, 기타, 칫솔, 해먹, 목마, 미끄럼틀까지 모든 장난감을 다 손수 만들어주었다. 덕분에 푸바오는 장난감이 가장 많은 판다가 되었다. 송바오가 지금까지 푸바오를 위해 만든 장난감은 무려 200~300개나 된다. 하지만 송바오는 푸바오에게 단순히 장난감을 만들어주는 사람이 아니라, 마법을 선물하는 더없이 낭만적인 사육사이다.

　어느 날 푸바오가 기분이 별로 좋지 않아 보이자 송바오는 나비를 좋아하는 푸바오에게 은행잎으로 나비 모형을 만들어주었다. 그런데도 푸바오의 기분은 나아지지 않았다. 송바오는 곧장 나비관으로 가서 진짜 나비 한 마리를 잡아왔다. 손바닥에 올려놓은 나비를 보여주자 푸바오는 신기하다는 듯 가만히 바라보았다. 이번에는 나비를 나뭇가지에 올려놓자 푸바오가 아예 드러누워서 자세히 살펴보는 듯했다. 송 사육사가 또 나비를 푸바오 콧등 앞으로 가져가자 더욱 유심히 들여다보았다. 나비가 푸바오의 기분을 달래주려는 듯 날아가지 않은 것도 신기했다.

　또 하나 재미있는 에피소드는, 송바오가 직접 손으로 푸바오에게 '푸'라는 글자를 알려준 일이다. 푸바오가 그린 '푸' 자의 획 하나하나가 푸바오스러워서 말 그대로 '푸바오체'라고 이름 붙여도 될 정도였다.

푸바오는 모방 능력이 뛰어나 뭐든지 한 번만 배워도 금방 익혔다. 송바오가 나무로 기타 장난감을 손수 만들어서 연주하는 시늉을 해주었는데, 똑똑한 푸바오가 기타를 들고 송바오의 행동을 그럴듯하게 따라 했다. 그 폼이 베테랑 기타리스트 같을 정도로 자연스러웠다.

송바오가 낭만 사육사라는 별명을 얻기까지 많은 에피소드가 있었다. 단풍잎을 좋아하는 푸바오를 위해 레서판다관에서 낙엽 더미를 가져와 선물해 준 일화가 유명하다.

이외에도, 매년 야외 놀이터에 자라는 클로버꽃으로 화관을 만들어 선물해 주는 등 푸바오에게 가을 낙엽처럼 많은 사랑을 줬다. 매번 새로운 걸 만들어주고 푸바오에게 온 정성을 다하는 송바오의 모습에서 사랑을 느낄 수 있었다.

송바오가 푸바오를 생각하며 쓴 글 중에 이런 구절이 있었다.

기억해. 먼 훗날, 판다로 살아가다가 너무 힘든 일을 겪고 지쳐서 손가락 하나조차도 움직일 힘이 없을 때, 누군가 8월의 댓잎 새순을 하나하나 모아서 너의 입에 넣어준다는 건 너를 아주 많이 사랑한다는 거야. 너를 아주 많이 응원한다는 거야. 너의 엄마는 그렇게 힘을 내서 세상에서 가장 큰 행복을 찾았단다. 지치고 힘들 땐 너를 사랑하고 응원하는 가족들이 있다는 걸 꼭 기억하렴.

2024년 1월 7일 [사진=미즈오 코지로]

2023년 11월 5일 [사진= 복보사랑]

2023년 7월 20일 [사진=미즈오 코지로]

2023년 7월 21일 [사진=미즈오 코지로]

4장

푸바오 힐링 효과

한 줄기 빛으로 살아가야 한다.
누군가 내 빛에 의지해 어둠 속을
헤쳐나올 수 있을지도 모를 일이기 때문이다.

―――――――――
타고르Tagore, 인도 시인

푸바오,
널 만나러 왔어

푸바오는 전 세계에 수많은 열성팬을 보유하고 있다. 매일같이 찾아와 쪼그리고 앉아서 푸공주의 일거수일투족을 지켜보는 팬들이다. 일주일에 대여섯 번씩 에버랜드로 출근 도장을 찍는 이들도 있었다. 그들은 일상에서의 치열한 경쟁과 스트레스로 지친 상태에서 푸바오의 귀여움과 순진함에 심리적인 위로를 받는다고 한다. 중국 SNS에서는 푸바오의 중국 팬클럽 이름인 '양돈 전문가養豬專家(푸바오가 중국에서 '복돼지'라는 별명으로 불리면서 이와 같은 팬클럽 이름을 갖게 되었다)'라는 해시태그가 75만 개에 달했다.

푸바오의 생일파티 영상이 올라오자 조회수가 순식간에 수백만

푸바오를 보러 온 팬들. 2024년 3월 3일 [사진=원페이페이]

뷰를 돌파하기도 했다. 푸바오의 세 살 생일을 맞아 중국 국영방송
인 CCTV는 뉴스 채널은 물론, 모바일로도 생일파티 장면을 생중계
했다. '푸바오, 생일 축하해'라는 제목의 중계 영상은 열두 시간 만에
2,025만 조회수를 넘어섰다. 강바오와 송바오는 한국 예능프로그램에
자주 출연해 팬들이 좋아하는 푸바오의 이야기를 들려주기도 했다.

에버랜드는 2021년 1월 4일 푸바오가 대중에 공개된 이래, 지금까
지 550만 명이 푸바오를 보기 위해 방문한 것으로 집계했다. 에버랜드
SNS에 올린 푸바오 영상은 누적 조회수가 5억 회를 기록했다.

2023년 7월 20일 [사진=미즈오 코지로]

세계 각지에서 푸바오를 좋아하는 사람들이 남녀노소 불문하고 에버랜드를 다녀갔다. 푸바오를 보기 위해 말도 통하지 않는 이 먼 곳까지 달려온 것이다. 푸바오가 세 살을 맞이해 열린 생일파티 현장에는 라이브로 참석한 사람들 외에, 직접 참석한 수백 명의 관람객이 모인 만큼 따뜻함이 느껴지는 분위기였다.

서울에서 박사 과정을 밟고 있는 중국인 유학생 루나 씨도 이날 푸바오를 만나러 에버랜드를 찾았다. 루나의 생일과 푸바오의 생일이 같은 날이어서 더 특별하고 의미 있는 하루라고 했다. 루나는 "사랑하는 푸공주에게. 안녕, 언니 생일도 너랑 똑같은 날이야. 오늘 같이 생일파티를 하려고 왔어. 생일 축하하고, 사랑해."라는 축하의 말끝에 하트까지 그려 넣은 카드를 건넸다. 아이 둘을 데리고 온 한 엄마는 푸바오의 생일파티를 현장에서 보기 위해 비행기 티켓 예약 날짜까지 바꿔서 왔다고 했다.

전 세계 인플루언서들이 취재한 영상을 모아 방영하는 〈China Views〉라는 중국 프로그램의 푸바오 영상이 각국 SNS에 올라오자 누리꾼들이 너도나도 푸바오에 관한 글을 올렸다. 태국의 한 누리꾼은 "푸바오 너무 귀엽다. 판다는 국가 간 우호 교류의 사절이자 중국 소프트파워 외교의 상징이다."라는 글을 올렸고, 일본의 한 누리꾼은 "푸바오는 완벽하게 귀여운 생명체이다. 푸바오와 함께라면 매일이 특별하다."라는 댓글을 남겼다.

2023년 7월 20일 [사진=미즈오 코지로]

2023년 11월 9일, 에버랜드는 푸바오 팬들의 요청에 힘입어 2주간 운영되는 '푸바오, 마이 스위트홈Fubao, My Sweet Home'이라는 이름의 팝업스토어를 '더현대 서울'에서 오픈했다. 온라인 사전예약에서 1만여 장의 방문 티켓이 단 5분 만에 매진될 정도로 뜨거운 반응이 쏟아졌다.

'푸바오, 마이 스위트홈'이라는 주제로 꾸며진 팝업스토어는 바오 패밀리의 일상에 동화 같은 상상력을 발휘해 따뜻하고 즐거운 판다 가족의 집으로 구현했다. 방문객들에게는 푸바오의 매력에 흠뻑 빠질 수밖에 없는 완벽한 공간이었다. 특히 푸바오가 태어났을 때 몸무게인 197그램을 기념해 한정판 가죽 키링 197개를 선착순 판매했는데, 오픈 당일 오전에 완판되었다.

팝업스토어를 방문하기 위해 전국 각지에서 몰린 푸바오 팬들의 열정도 대단했다. 직장인 노혜성 씨는 "겨우 예약에 성공해 연차까지 쓰고 왔다."고 말했다. 학생 박나현 씨는 "혼자 천안에서 서울까지 KTX를 타고 왔다. 여기 올 수 있다는 것 자체가 푸바오를 좋아하는 사람들에게는 행운이다."라며 한껏 들뜬 마음을 전했다.

'푸바오 할부지'인 강철원 사육사와 송영관 사육사는 푸바오 관련 도서를 펴내기도 했다. 강 사육사는 《아기 판다 푸바오》, 《푸바오, 매일매일 행복해》, 《나는 행복한 푸바오 할부지입니다》를, 송 사육사는 《전지적 푸바오 시점》을 출간했다.

송바오는 출간 기념 랜선 팬사인회를 열고 당첨자들에게 선물을

2022년 3월 27일 [사진=복보사랑]

2023년 5월 4일 [사진=미즈오 코지로]

주는 이벤트도 진행했다. 푸바오 팬 중 한 명인 이상아 씨는 "작가로서 처음 선보이는 책인데도 송 사육사의 아름다운 문체와 푸바오의 사진들이 큰 감동을 주었다. 기회가 되면 푸바오를 보러 중국에 꼭 갈 생각이다."고 말했다. 푸바오 팬이자 《전지적 푸바오 시점》의 독자들은 송바오가 푸바오에게 쓴 편지를 보고 푸바오에 대한 사육사의 사랑에 감동받아 눈물을 흘렸다고 한다.

푸바오 팬들은 푸바오를 위한 노래로 〈꼬꼬마 푸바오의 판다송〉, 〈아기 판다와 함께 가요〉 등 여러 곡을 만들었다. 〈아기 판다와 함께 가요〉에서는 "모험을 떠나요. 꿈을 안고 여행을 떠나요."라는 가사로, 중국으로 가는 푸바오를 축복했다.

푸바오 중국 반환 일자가 공식 발표되자 누리꾼들은 아쉬움을 쏟아냈다. 애틋한 마음이 담긴 댓글들이 기사마다 가득했다.

"그날 꼭 보러 갈게."

"힘든 시기에 널 만나서 큰 힘이 되었어."

"봄엔 따뜻한 바람이었고 여름엔 푸른 나무였고 가을엔 어여쁜 단풍이었고 겨울엔 새하얗게 예쁜 눈이었어. 계절마다 아름다움이 담긴 네가 그리울 거야."

2024년 3월 3일은 에버랜드가 푸바오를 일반인들에게 공개하는 마지막 날이었다. '현장 줄서기로 운영하며 관람 시간은 5분으로 제한'이라는 조건만 봐도 얼마나 많은 이들이 푸바오와의 이별을 아쉬워하는지 알 수 있었다. 사람들은 SNS에 끊임없이 이별의 아픔을 토로했다.

"푸바오가 떠난다는 사실이 믿기지 않는다."

"정말 슬프다. 푸바오야, 널 잊지 못할 거야. 사랑해. 널 사랑하는 사람들이 많다는 걸 기억해 줘."

새벽 3시부터 줄을 섰다는 한 관람객은 감정이 북받쳐 오르는 듯했다. "푸바오는 아기 시절부터 계속 보러 왔거든요. 이젠 중국으로 푸바오 만나러 가려고 호텔이랑 비행기표도 미리 알아봤어요." 또 다른 관람객은 "푸바오, 그동안 너무 고마웠어. 중국 가서도 잘 살아. 좋은 소식 기다릴게."라고 말했다.

한편 푸바오가 중국으로 온다는 소식을 들은 중국 팬들은 반가움을 표현했다.

"푸바오, 어서와!"

"반갑다, 우리 복돼지福猪猪는 이모들의 최애 판다야."

"어디서든 사랑 듬뿍 받는 우리 아기 푸바오."

언어는 달라도 느끼는 건 같은지 한 글자 한 글자마다 사랑과 아쉬움, 고마움, 축복이 담겨있었다.

2023년 5월 4일 [사진=미즈오 코지로]

2023년 2월 25일 [사진=미즈오 코지로]

행복을 선물하는
푸바오

푸바오라는 이름은 '행복을 주는 보물'이란 뜻으로, 이름처럼 정말 많은 사람에게 커다란 행복을 주었다.

푸바오는 엄마 아이바오와 강바오, 송바오의 극진한 보살핌 속에 즐겁고 행복한 어린 시절을 보냈다. 태어난 순간부터 푸바오는 모든 이의 사랑을 듬뿍 받았다. 푸바오의 어린 시절을 보며 자신의 지난 시간들이 치유되었다는 사람들도 많았다. 푸바오와 사랑을 주고받을 수 있어서, 푸바오의 일상을 보는 것만으로도 모두가 힐링이 되는 기분이었다. 사랑은 초능력과도 같아, 삶을 힘겨워하는 누군가가 고난을 뛰어넘어 행복의 경지에 도달할 수 있도록 도와준다. 우리는 푸바오가 앞으로도 어디서든 행복하게 잘 살 거라고 믿는다.

강바오에게는 푸바오와 함께한 매 순간이 감격이었고 행복이었다. 그래서 다른 사람들도 바오패밀리의 일상을 보며 자신처럼 행복과 위로를 얻을 수 있도록 해주고 싶었다. 강바오는 "푸바오를 가만히 바라보고 있으면 마음에 평화가 온다. 푸바오는 우울감까지 치료해 주는 능력이 있다."고 말했다. 한 TV 프로그램에 출연해, 푸바오 덕에 우울증, 불면증이 완화된 사람도 있다고 말했다. 그러면서 "푸바오가 많은 사람을 치유해 주다니, 내가 다 자랑스럽다."고 덧붙였다.

푸바오는 행동 하나하나가 사람의 마음을 따뜻하게 해줄 정도로 존재 자체만으로도 아름답다. 한 누리꾼은 SNS에 "2023년 가장 행복했던 순간을 꼽자면 푸바오를 알게 되고 푸바오 덕분에 마음의 치유를 얻었을 때이다."라는 댓글을 남겼다. 또 다른 누리꾼은 "울적할 때 푸바오를 보면 금세 기분이 나아졌다."며, "컨디션 난조일 때 푸바오가 있어 위안이 되었다."고도 했다. 많은 이의 마음을 대변한 말이기도 하다.

누구나 세상의 모든 아이가 행복한 어린 시절을 보내길 바랄 것이다. 사랑 가득한 엄마와 두 할아버지가 있는 푸바오처럼 말이다. 사랑 속에서 자란 푸바오는 더할 나위 없이 행복한 아이이다. 우리는 그런 사랑 속에 자라난 푸바오를 보며 위안을 얻었다. 푸바오는 우리의 상처를 어루만져주기도 하고, 우리에게 사랑을 찾아 나설 용기도 주고, 씩씩하게 앞으로 나아갈 힘도 주는 존재이다.

2023년 5월 4일 [사진=미즈오 코지로]

우리는 모두 자신이, 혹은 사랑하는 사람이 햇살 가득한 하루하루를 살아갔으면 하는 바람이 있다. 따스한 집에서 사랑을 듬뿍 받고 지내며 장난감도 많은 푸바오처럼 말이다. 비록 우리의 삶에 빛이 부족하더라도 때로 푸바오의 시 한 편 같은 삶을 보고 있노라면 우리 역시 한 줄기 빛을 발견할 수 있다. 푸바오 덕에 우리 눈앞의 어둠을 걷어내고 반짝거리는 빛을 마주할 수 있는 기회가 생길 것이다.

인간은 누구나 아름다움을 동경하고 환한 빛을 갈망한다. 행복한 푸바오는 현실에 지친 우리의 몸과 마음을, 망연자실해 있는 우리를 반짝반짝 비춰준다. 그렇게 수많은 사람이 푸바오에게 치유받는다. 기분이 좋지 않거나 일이 뜻대로 되지 않을 때, 미래에 대한 불안감에 휩싸일 때, 눈앞이 먹구름으로 뒤덮여 있을 때 푸바오를 찾으면 마음이 환해질 것이다. 푸바오로 인해 눈부신 행복을 만날 수 있을 테니까.

인생은 필연적으로 고통스럽다. 슬픔을 피해 갈 수 없는 것이 삶이다. 하지만 환한 빛을 향해 가고자 마음먹는다면 어둠은 그리 길게 가지 않을 것이다. 비바람을 겪지 않으면 무지개를 볼 수 없지 않겠는가.

2023년 5월 3일 [사진=미즈오 코지로]

2023년 5월 3일 [사진=미즈오 코지로]

행복한 푸바오. 2023년 5월 3일 [사진=미즈오 코지로]

2023년 2월 25일 [사진=미즈오 코지로]

5장

다시 만날 날을 그리며

우리 사이에 푸른 산이 자리하고 있어도
비바람을 함께할 수 있고
서로 다른 곳에 떨어져 있어도
같은 달빛을 맞을 수 있다.

왕창링王昌齡, 당나라 시인

강철원✦
넌 영원한 나의 아기 판다야

한중 양국이 체결한 '자이언트판다 보호연구협약'에 따라 푸바오는 만 4세가 되기 전에 중국으로 가야 했다. 2024년 1월, 에버랜드는 푸바오가 4월 초 중국으로 반환될 예정이라고 발표했다. 이는 푸바오가 에버랜드에서 생활할 수 있는 시간이 3개월밖에 남지 않았다는 뜻이기도 했다.

지난 3년 동안 쌓은 정으로 인해 이별을 앞둔 3개월은 무척 힘든 시간이었다. 푸바오 팬들은 에버랜드 곳곳에 아쉬운 마음이 담긴 현수막을 내걸었다. "너를 만난 건 기적이야. 고마워, 푸바오.", "행복해, 푸바오.", "응원해, 푸바오." 등의 글이 적혀있었다.

하지만 고맙다는 말이나 잘 가라는 말보다 좋은 건 남은 시간 동안

2024년 2월 22일 [사진=미즈오 코지로]

오픈 전부터 줄 서있는 팬들. 2024년 3월 3일 [사진=원페이페이]

푸바오를 한 번이라도 더 직접 보는 것이었다.

그리고 마침내 푸바오를 마지막으로 만날 수 있는 2024년 3월 3일이 오고야 말았다. 에버랜드는 작별의 슬픔으로 가득했고 마지막 배웅을 하려는 푸바오 팬들로 북적거렸다. 강바오와 송바오는 이날 푸바오를 위해 예쁜 유채꽃다발, 하트 모양 워토우 케이크, 대나무로 만든 바오패밀리 모양 장난감을 선물로 준비했다. 두 사육사는 관람객들에게 푸바오의 심정을 대신 이야기해 주기도 했다. 강바오는 "지금까지 많은 분께서 푸바오를 사랑해 주셔서 감사하다. 앞으로도 푸바오의 행복을 위해 각별한 애정과 응원을 부탁드린다."는 말을 전했다.

푸바오가 태어난 순간부터 강바오는 푸바오가 언젠가는 중국으로 가야 한다는 걸 알고 있었다. 첫 만남부터 이별의 카운트다운이 시작된 셈이었다. 푸바오와 함께할 수 있는 시간은 처음 3년에서 중국으로 가기 전 3개월로, 또 3개월에서 마지막 하루로 점점 줄어들었다. 이별이란 단어를 입에 올릴 때마다 목이 메고 눈물이 났다. 이별을 겪고 싶은 사람은 없겠지만, 우리는 동물 나름의 습성도 존중하고 이해해야 한다. 예전에 한 TV 프로그램에 출연한 강바오는 어느새 어엿한 어른 판다로 성장한 푸바오가 더 많은 친구를 사귈 수 있도록 중국으로 보내주는 것이 좋다고 말한 적이 있다. 아이바오가 푸바오에게 판다로서 살아가기 위해 필요한 기술들을 잘 가르쳐 놓았기 때문에 푸바오가 중국에 가서도 잘할 거라 믿는다고 했다. 강바오는 "앞으로 무슨 일이 있든 항상 네 옆에 있을 거고 영원히 널 응원할 거야."라는 말을 남겼다.

강바오가 이별을 앞둔 어느 날, 푸바오에게 편지를 썼다. 강바오는 물론, 푸바오 팬들의 마음까지 담긴 편지였다.

푸바오가 태어나는 순간부터 행복했던 할부지는, 할부지가 받은 행복만큼 푸바오를 행복하게 해주고 싶었어. 그리고 정말 행복을 주는 보물이라는 너의 이름처럼 참 많은 사람을 행복하게 만들어줬지. 네가 열 살, 스무 살이 되어서도 넌 할부지의 영원한 아기 판다라는 걸 잊지 말렴. 사랑한다.

송영관✦
쉽지만은 않은 이별

송바오도 강바오처럼 푸바오가 중국으로 가서 새로운 판생을 시작하는 것이 가장 좋은 선택이란 걸 잘 알고 있었다. 헤어지기 아쉽고 이별도 힘들 테지만 푸바오의 앞날을 위해서는 더 좋은 일이었다. 푸바오의 습성을 존중해 주는 것이야말로 최고의 사랑이다. 판다는 원래 독립적으로 살아가는 동물인 만큼 푸바오도 혼자서 잘 해낼 것이었다. 송바오는 굉장히 세심하고 성실하며 글도 잘 쓴다. 2024년 1월 11일에는 '푸바오와의 이별 준비'라는 제목의 글을 SNS에 올렸다. "헤어짐은 언제나 쉽지 않지만……."이라는 구절로 시작하는 글이었다.

송 사육사가 쓴 다정한 글의 마지막 부분을 실어본다.

2023년 2월 22일 [사진=미즈오 코지로]

2024년 1월 7일 [사진=미즈오 코지로]

2024년 3월 3일 [사진=원페이페이]

'푸덕이'(푸바오+덕후)들이 걱정이다. 헤어짐이 쉽지 않을 것이다. 푸바오에게 진심이었던 만큼 슬플 것이다. 하지만 항상 값지고 귀중한 것들은 어렵고 힘들게, 운명처럼 다가온다. 푸덕이들이 슬픔과 두려움 때문에 그간 푸바오와 함께 써왔던 소중한 이야기책을 덮어버리지 않길 바란다. 어려운 순간을 가족이 하나가 되어 헤쳐나가는 것처럼. 앞으로 더 넓은 곳에서 더 크게 펼쳐질 푸바오의 찬란한 판생을 위해 '바오패밀리'는 이제 하나가 되어야 한다. 준비되지 않은 상황에서 어쩔 수 없이 이별을 맞이하기보다는 미리 서로 인사를 나누고 헤어지는 아름다운 작별의 시간을 나누길 바란다.

맞는 말이다. 이별이 상처가 되지 않기 위해 우리는 제대로 된 작별 인사를 해야 한다.

푸바오 마지막 공개 당일인 3월 3일, 송바오는 "오늘은 좀 의미가 있는 날인 것 같다. 3월 3일은 엄마 아이바오, 아빠 러바오가 한국에 첫 발을 내딛고 에버랜드에 정착한 날이다. 푸바오의 검역실로 지정된 장소는 푸바오가 태어나면서 삶이 시작된 곳이기도 하다."고 말했다.

세상의 모든 생명은 끊임없이 만나고 떠나간다. 우리가 할 수 있는 유일한 일은 그동안의 아름다운 기억을 잊지 않는 것이다. 앞으로의 세월 동안 마음 깊은 곳에 자리한 소중한 기억을 꺼내 마음을 따뜻하게 데워주는 위로로 삼길 바란다.

푸바오와 함께라 행복했다.

푸바오의 존재만으로도 행복했다.

에버랜드 푸바오 환송 행사. 2024년 2월 23일 [사진=미즈오 코지로]

푸바오✦
영원한 나의 할부지, 사랑해요

푸바오가 말을 할 수 있다면 이별의 순간, 어떤 말을 하고 싶을까?

SBS에서 특집으로 기획한 예능 〈푸바오와 할부지〉에서 던진 화두이다. 푸바오 팬들이 너도나도 댓글 창에 들어와 푸바오의 마음을 대신했다.

"할부지, 키워주고 사랑해 주셔서 감사해요."

"항상 나를 지켜주셔서 감사해요."

"할부지, 사랑해요."

〈푸바오와 할부지〉에서 특별히 내보낸 영상이 있다. 푸바오가 할부지에게 전하고 싶은 메시지였다.

기억해, 푸바오

사랑해, 푸바오

ZOOTOPIA
주토피아

너를 만난 건 기적이야,
고마워
푸바오

에버랜드 푸바오 환송 행사. 2024년 2월 23일 [사진=미즈오 코지로]

태어났을 때부터 지금까지 항상 곁에 있어준 나의 할부지!

말 안 듣고 떼써도 엄마한테 혼나도

할부진 언제나 내 편이 되어주었지요.

놀아달라 귀찮게 해도 바짓가랑이를 붙잡아도

싫은 내색 한번 않던 할부진 제게 슈퍼맨이었어요.

봄이면 예쁜 꽃을 보여주고 여름엔 대나무 공을 선물해 주고

가을엔 단풍놀이를 함께하고 겨울엔 눈을 선물해 준 나의 할부지!

할부지 덕분에 더 많은 세상을 보고 느낄 수 있었어요.

할부지 덕분에 한국에서의 모든 날이 행복했어요.

할부지! 중국에 가서는 밥도 잘 먹고 투정도 덜 부리고,

좀 더 의젓한 어른 판다 푸바오가 될게요.

할부지 꼭 건강하셔야 해요.

한국에 있을 우리 엄마, 아빠, 쌍둥이 동생들 잘 부탁해요.

중국에 가서도 잊지 않을게요.

할부지 덕분에 많이 행복했어요.

사랑해요, 영원한 나의 할부지!

푸바오가 할부지에게 하고 싶은 말을 푸바오 팬들이 편지 형식으로 만든 영상이었다. 푸바오의 속마음을 담은 감동적인 메시지에 맞춰 한 장 한 장 사진들도 곁들여져 푸바오가 하루하루 자라온 모습을 다시 한번 볼 수 있었다.

푸바오는 깊은 모녀의 정만큼 늘 엄마와 함께였고, 사육사 할아버지들과 있을 때는 따뜻하고 감동적인 나날들이었고, 혼자 놀 때는 또 신나고 행복했던 순간이었다. 지난 시간들이 모여 감동적인 스토리가 되었다.

영상을 본 강바오는 목이 메는지 아무 말도 하지 못했다. 마음이 안정되고 나자 푸바오라면 저런 생각을 할 수도 있겠다는 생각이 든다고 말했다. 마지막으로 "정말 푸바오라면 '할부지나 잘해. 나 알아서 잘할 거니까! 할부지 건강 잘 챙겨요! 나는 할부지가 더 걱정이야'라고 했을 것 같다."고 전했다.

그렇지. 우리는 푸바오를 믿는다.

행복한 어린 시절을 보낸 푸바오니까, 앞으로도 행복하게 살 수 있을 것이다. 우리에게 행복을 가져다준 푸바오니까, 앞으로도 우리에게 더 많은 행복을 가져다줄 수 있을 것이다.

중국 청두 쐉리우 국제공항. 중국 판다보호 연구센터의 전문가들이 푸바오가 탄 곳을 점검하고 있다.

푸바오 출발. 청두 쐉리우 국제공항에서 출발하여 중국 판다보호 연구센터의 워롱 선수핑神樹坪 기지로 이동 중이다.

중국 판다보호 연구센터 직원들이 푸바오를 환영하고 있다.

푸바오가 새로 들어갈 집 앞에서 기다리고 있다.

2024년 4월 3일 [사진=리촨유]

새 보금자리에 입주한 푸바오. 2024년 4월 4일 [사진=리촨유]

2024년 6월 23일 [사진=등이심]

6장

푸바오 새로운 터전에서의

푸바오는 한국을 떠나 어떻게 지낼까?
푸바오가 중국으로 간 후 잘 지내고 있는지
궁금해하는 팬들을 위해 중국에서의 푸바오를
담은 특별 미공개 사진들을 수록했다.

2024년 6월 15일 [사진=등이성]

2024년 6월 15일[사진=등이심]

2024년 7월 27일 [사진=등이심]

2024년 7월 14일 [사진=등이심]

2024년 6월 23일 [사진=등이심]

2024년 6월 30일 [사진=등이심]

2024년 7월 14일 [사진=등이심]

2024년 6월 30일 [사진=등이심]

2024년 7월 20일 [사진=등이심]

2024년 7월 20일 [사진=등이심]

2024년 7월 21일 [사진=등이심]

2024년 6월 23일 [사진=등이심]

2024년 7월 21일 [사진=등이심]

2024년 8월 3일 [사진=등이심]

2024년 7월 21일 [사진=등이심]

2024년 7월 14일 [사진=등이심]

2024년 7월 14일 [사진-등이심]

2024년 8월 4일 [사진=등이심]

2024년 7월 20일 [사진=둥이심]

2024년 6월 22일 [사진=등이심]

2024년 7월 14일 [사진=등이심]

2024년 7월 6일[사진=등이심]

2024년 7월 27일 [사진-등이심]

2024년 7월 20일 [사진=등이심]

2024년 7월 20일[사진=등이심]

2023년 9월 17일 [사진=복보사랑]

Interview

사진작가
인터뷰

《안녕, 푸바오》의 모든 사진은 지금껏 공개된 적
없는 한·중·일 자이언트판다 사진작가들이 찍은
사진으로 구성했다. 각 사진작가들에게 푸바오란
어떤 의미인지에 대한 인터뷰를 수록했다.

복보사랑(한국) | 2021년 10월부터 바오패밀리를 촬영한 사진을 일주일에 두 번씩 인스타그램에 올렸다. 팔로워 수가 수십만 명에 달한다.

Q1 **어떤 계기로, 언제부터 자이언트판다를 촬영하기 시작했나요?**

TV와 유튜브를 통해 푸바오를 처음 접했는데, 그 후로 몇 개월 동안은 온종일 푸바오 영상만 봤어요. 그러다 직접 눈으로 보고 싶어져서 2021년 10월 5일 에버랜드 판다월드에 가서 푸바오를 처음 만났죠. 그런데 그 자리에서 바로 헤어나올 수 없는 사랑에 빠져버린 거예요. 그때부터 푸바오의 귀여운 순간들을 놓치지 않고 남겨두고 싶어서 촬영을 시작했고, 그렇게 매주 푸바오를 찾아가게 되었어요.

Q2 **푸바오는 작가님에게 어떤 의미인가요?**

푸바오와 바오패밀리는 제 마음속 깊은 곳의 소중한 존재예요. 나의 행복보다도 푸바오의 행복이 더 중요할 정도니까요. 제 인생

2023년 12월 25일 [사진=복보사랑]

2023년 12월 25일 [사진=복보사랑]

에 이렇게 소중하고 특별한 존재가 생길 줄은 몰랐어요. 이렇게나 푸바오를 깊이 사랑하다니, 아무래도 첫정은 다른가 봅니다.

Q3 **푸바오를 촬영하면서 가장 기억에 남는 에피소드는 뭔가요?**

전에 찍은 사진이나 영상들을 다시 보면 푸바오에 관한 그 순간의 기억들이 순식간에 차올라요. 푸바오를 촬영하던 매 순간이 다 잊을 수 없는 장면이지만, 딱 하나만 고르라면 푸바오가 눈밭에서 신나게 구르며 장난치던 모습이 가장 기억에 남네요. 그러다 할부지가 푸바오를 데리고 내실로 돌아가는데 그 장면이 어찌나 아름답고 따뜻하던지. 눈이 오는 날이면 항상 푸바오가 눈 속에서 장난치던 모습이 떠올라요.

Q4 **푸바오를 좋아하는 특별한 이유가 있나요?**

푸바오는 아주 사랑스러운 판다입니다. 얼굴도 예쁘게 생겼고 성격까지 귀엽고 재미있는 스타일이죠. 장난도 잘 치고 호기심도 많고 표정도 다양하잖아요. 그런 푸바오를 거의 3년 동안 지켜보다 보니 이제는 정말 내 자식 같다는 기분이 들 정도예요.

Q5 **푸바오를 만나러 스촨에도 가볼 생각인가요?**

당연히 가야죠. 벌써 비행기표까지 알아봤습니다. 가능하면 최대한 자주 푸바오를 만나러 가고 싶어요.

Q6 **중국의 판다 팬들에게 하고 싶은 말이 있나요?**

정말 감사하게도 중국에 우리처럼 푸바오를 사랑하는 팬분이 많다고 들었습니다. 중국 이모들이 푸바오를 늘 사랑하고 지켜줄 거라고 쓴 편지도 봤고요. 그분들이 푸바오를 정말 예뻐해 주실 거라고 믿고, 저도 중국 이모들을 응원할 거예요. 푸바오가 중국에서도 많은 관심과 사랑을 받길 바랍니다!

미즈오 코지로(일본)

1987년 8월생. 니콘 카메라를 사랑하는 사진작가. 2016년 일본 테마파크 '어드벤처 월드'에 사는 자이언트판다 유이힌結浜을 보게 된 것을 계기로 판다 촬영을 시작했다. 좋아하는 판다로는 유이힌, 푸바오, 치구어奇果, 위안만圓滿, 메이란梅蘭, 싱후이星輝, 싱판星繁, 청란成蘭, 자오메이昭美가 있다.

Q1 **어떤 계기로, 언제부터 자이언트판다를 촬영하기 시작했나요?**

원래 동물을 좋아했지만 이렇게 열정적으로 동물을 촬영해 본 적은 없었어요. 처음으로 촬영한 판다는 2016년 일본 '어드벤처 월드'에서 태어난 유이힌이었어요. 유이힌의 귀여운 모습에 매료되어 본격적으로 판다를 촬영하기 시작했습니다. 그 뒤로는 주로 한국과 중국으로 좋아하는 판다들을 쫓아다녔죠.

Q2 **판다는 작가님에게 어떤 영향을 미쳤나요?**

판다에게 아주 많은 영향을 받았어요. 판다에게 매료된 뒤로 제 삶에 큰 변화가 일어났죠. 판다의 역사나 판다과 동물에 대해 자세히 알고 싶어서 이런저런 책이나 자료를 찾아보고 인터넷으로 검색도 해보곤 했습니다. 내가 좋아하는 판다의 가족 구성원

2023년 12월 31일 [사진=미즈오 코지로]

에 대해 알아보는 것 또한 매일 해야 할 목록에 들어갔죠. 가족은 물론이고 친구나 동료들도 이제는 저를 판다와 동일시하더군요. (웃음)

Q3 **푸바오를 촬영하면서 가장 기억에 남는 에피소드는 뭔가요?**

푸바오 생후 31개월 때부터 촬영을 시작했는데요. 엄마 아이바오와 사육사 품을 막 떠난 푸바오가 속이 상해서 사육사가 불러도 못 들은 척하는 모습이 꼭 사춘기 소녀 같았습니다. 표정도 풍부해서 당시에 매 순간 재미있게 촬영했던 게 가장 기억에 남습니다.

Q4 **푸바오를 좋아하는 특별한 이유가 있나요?**

푸바오가 태어나기 전에도 아이바오와 러바오를 좋아해서 에버랜드에 자주 갔습니다. 아이바오, 러바오 커플이 아기 판다를 낳으면 예쁘겠다는 생각을 하곤 했는데, 2020년 정말 푸바오가 태어난 거죠. 코로나 시기에는 다른 나라를 방문하기가 어려워 아쉽게도 막 태어난 푸바오를 보러 가지는 못했어요. 그 기간에는 에버랜드 SNS나 관람객들 SNS에 들어가 푸바오의 성장 과정을 지켜보았죠. 그러다가 2023년 2월에 드디어 푸바오를 만날 수 있었습니다. 너무 보고 싶었던 푸바오를 실제로 영접한 행복했던 순간을 영원히 잊지 못할 겁니다. 사랑스러운 푸바오의 모습을 직접 눈으로 보니 마음이 녹아내렸다고나 할까요. 저는 왜 이 정도로 푸바오에게 빠져있을까요? 푸바오는 아주 특별한 존재니까요! 첫

눈에 반했다고도 할 수 있죠. 푸바오의 모습이 정말 귀엽지 않나요? 안 좋아하려야 안 좋아할 수가 없는 아이라니까요.

Q5 **푸바오를 만나러 스촨에도 가볼 생각인가요?**

당연하죠. 조만간 중국으로 만나보러 갈 계획입니다. 전에도 스촨은 가본 적이 있는데, 올해 방문하면 4년 만에 가는 거예요. 스촨의 경치나 맛있는 음식들도 그리우니 당연히 가봐야 하지 않을까요?

Q6 **중국의 판다 팬들에게 하고 싶은 말이 있나요?**

중국에도 푸바오의 팬들이 있다는 것, 그것도 아주 많은 팬들이 있다는 사실이 기쁠 따름입니다. 판다 한 마리 한 마리 모두 각자만의 개성이 넘치는 사랑스러운 존재들이죠. 푸바오를 직접 만나본 팬이든 아직 만나보지 못한 팬이든 푸바오를 사랑해 준다는 사실만으로도 너무 기분이 좋네요. 앞으로도 건강하게 자랄 푸바오의 모습을 같이 지켜보면 좋겠습니다.

원페이페이(중국) | 자이언트판다를 좋아하는 사진작가. 바오패밀리를 촬영하기 위해 종종 에버랜드를 방문한다.

Q1 **어떤 계기로, 언제부터 자이언트판다를 촬영하기 시작했나요?**

2023년 3월부터 판다에게 관심이 생겨 관련 영상을 다 찾아보기 시작했어요. 푸바오와 엄마 아이바오가 나오는 영상, 할부지들이랑 따스하고 재미있게 소통하는 영상들을 보다가 푸바오의 엉뚱발랄하고 사랑스러운 면모에 푹 빠져버린 거죠. 그때부터 바오패밀리를 보러 에버랜드도 가고 중국에 있는 동물원도 다니고 했어요. 차츰 다른 판다들도 하나하나 알게 되고 그러다가 판다들의 귀여운 순간을 렌즈에 담게 되었습니다.

Q2 **푸바오는 작가님에게 어떤 의미인가요?**

판다는 한 마리 한 마리 모두 다 사랑스럽더라고요. 판다를 볼 때마다 힐링도 되고요. 그래서 한번 보기 시작하면 하루 종일 빠져

서 헤어나오지 못한 적도 있었어요. 푸바오를 만난 다음부터는 푸바오와 매일 함께 있는 듯한 느낌이었습니다. 푸바오의 사랑스럽고 장난기 가득한 모습만 봐도 기분이 좋아졌어요. 푸바오는 일상에서 상처받은 마음도 치유해 주고 즐거움과 행복까지 가져다주는 존재예요.

Q3 **푸바오를 촬영하면서 가장 기억에 남는 에피소드는 뭔가요?**

가장 기억에 남는 건 푸바오가 에버랜드를 떠나는 날을 앞두고 팬들이 매일 아침마다 에버랜드 입구에 줄을 서있던 장면입니다. 문이 열리자마자 판다월드로 뛰어 들어가는 걸 보고 한국 사람들이 정말 푸바오를 사랑한다는 걸 느낄 수 있었죠. 푸바오가 떠나기 전 마지막 공개 당일에는 팬들이 푸바오를 직접 눈으로 보기 위해 새벽 4~5시부터 줄을 서더군요. 에버랜드 역사상 그렇게 많은 사람이 몰린 건 처음이라고 들었어요. 4~5시간 동안 줄을 서도 딱 5분만 관람할 수 있는데 인내심 있게 기다리는 모습이 놀라웠어요.

Q4 **푸바오를 좋아하는 특별한 이유가 있나요?**

푸바오는 기쁨과 행복을 가져다주는 보물처럼 날마다 위로와 치유를 안겨주었습니다. 예쁘고 사랑스럽고 똑똑하고 장난기도 많아서 그저 보는 것만으로도 행복했어요. 저에게는 정말 특별한 존재이자 삶의 일부가 되어버렸네요.

Q5 푸바오를 만나러 스촨에도 가볼 생각인가요?

그럼요. 매일 보러 가고 싶죠. 푸바오가 스촨에서도 잘 적응하고 영원히 행복한 판생을 살았으면 좋겠어요!

Q6 판다 팬들에게 하고 싶은 말이 있나요?

판다는 중국의 국보이자 중국과 외국 사이의 교류를 이끄는 우호 사절이에요. 그만큼 아기 판다들이 어디서든 즐겁고 행복하게 살았으면 좋겠습니다. 그리고 우리도 판다를 보러 갔을 때는 예의 있게 행동하자는 말을 드리고 싶어요. 크게 소리를 지르거나 먹을 거를 아무거나 던져주거나 하면 안 되니까요. 옆에서 그런 행동을 하면 못 하게 막아도 주고요. 앞으로도 우리가 판다들을 잘 지켜줄 수 있기를 바랍니다.

2023년 9월 24일 [사진=원페이페이]

2023년 7월 22일 [사진=미즈오 코지로]

자이언트판다의
모든 것

용인에 사는 바오패밀리가 우리 마음속에 자리하
고 나서는 그들의 삶을 지켜보는 것이 어느새 우
리의 일상이 되었다. 그러다 보니 판단의 출생부
터 습성, 취향까지 분석하기 시작했다. 그런 이들
을 위해 A부터 Z까지 자이언트판다에 대한 모든
것을 담았다.

Q 01

판다는 몇 살부터 번식을 할 수 있을까?

A 야생 암컷 판다는 4.5~5.5세부터 번식을 할 수 있고 수컷은 암컷보다 1년 정도 후인 5.5~6.5세부터 번식이 가능하다. 하지만 사육시설 판다는 교배 가능 연령이 야생판다보다 1~2년 정도 빠르다.

Q 02

판다의 임신 여부는 어떻게 판단할 수 있을까?

A 아기 판다는 몸무게가 100그램 남짓으로 매우 작게 태어난다. 따라서 육안으로는 임신 여부를 알 수 없을 정도로 체형이나 외모가 달라지지 않는다. 사육시설 판다의 경우 사육사가 호르몬 수치를 측정하여 임신 여부를 판단할 수 있다.

Q 03

판다의 임신 기간은 얼마나 될까?

A 판다의 임신 기간은 평균 5개월 정도 된다. 판다는 임신을 해도 수정란이 자궁에 즉시 착상이 되지 않는 '착상 지연'이라는 현상이 일어나기 때문에 개체마다 임신 기간의 편차가 크다. 짧게는 70일, 길게는 300일이 넘기도 한다.

2023년 5월 5일 [사진=미즈오 코지로]

판다는 출산이 임박하면 어떤 행동을 보일까?

배 속의 아기 판다는 몸집이 아주 작아서 엄마 판다의 복부 크기 변화만으로는 출산 시기를 가늠하기 어렵다. 하지만 출산이 임박하면 식욕이 감퇴하거나 잠이 많아지고 울부짖거나 불안해하는 등 행동이나 습성에 변화가 일어난다. 또한 대나무 줄기나 댓잎, 나뭇가지를 입에 물고 다니며 자기만의 '분만실'을 만들기도 한다.

2023년 2월 24일 [사진=미즈오 코지로]

판다는 한 번에 최대 몇 마리까지 새끼를 낳을 수 있을까?

판다는 보통 한 번에 한두 마리 정도 출산하지만 사육시설 판다의 경우
드물게 세 마리까지 낳기도 한다. 2014년 7월 29일, 쥐샤오菊笑(혈통번호
557)가 광저우의 창룽長隆 사파리 공원에서 한 번에 세 마리를 출산했다.
현재 전 세계에서 유일한 자이언트판다 세 쌍둥이이다. 쌍둥이 이름은 멍
멍萌萌(혈통번호921), 솨이솨이帥帥(혈통번호 922), 쿠쿠酷酷(혈통번호 923)이
다. 멍멍은 암컷이고 나머지 두 마리는 수컷으로, 모두 광저우 창룽 사파
리 공원에서 지내고 있다.

Q 06

아기 판다는 왜 '탈수 현상'이 오는 걸까?

A 판다는 출생 후 첫 일주일 동안 몸이 굉장히 허약한 상태여서 한 번씩 '탈수 증상'이 나타난다. 사망률이 가장 높은 시기이기도 하다. 갓 태어난 아기 판다는 체내에 '수분 함유량'이 높은 탓에 물에 불은 콩처럼 피부가 얇은 편이다. 아기 판다는 태어나면 엄마 젖을 매일 정해진 시간에 일정량씩 꼬박꼬박 먹지만 체중이 늘기는커녕 오히려 줄어든다. 체내의 수분이 배출되면서 피부가 두꺼워지는 과정이기 때문이다. 이때 아기 판다의 체중이 심하게 줄어들면 수분을 보충해 주어야 한다.

Q 07

아기 판다는 언제 처음 눈을 뜰까?

A 아기 판다는 태어나자마자 눈을 뜨는 것이 아니라 눈을 뜨는 데 시간이 어느 정도 걸린다. 생후 40일쯤 눈을 뜨기 시작하고 50일 정도가 되면 완전히 눈을 뜰 수 있다. 하지만 눈을 떴다 하더라도 시력이 발달되어 있는 것은 아니다. 생후 70~90일은 지나야 제대로 된 시력을 갖추고 볼 수 있게 된다.

Q 08

아기 판다는 언제쯤 검은색과 흰색 털이 나기 시작할까?

A 아기 판다는 생후 2주 차가 되면 분홍색 몸에 검정 털이 나기 시작한다. 생후 한 달 무렵이면 귀와 눈가, 다리, 등 무늬가 모두 검게 변한다. 아기 판다가 흑백색의 어른 판다로 되는 과정이다.

Q 09

아기 판다에게도 '엄마 젖을 거부하는 시기'가 있을까?

아기 판다도 사람처럼 '엄마 젖을 거부하는 시기'가 온다. 판다는 보통 출생 후 2~3개월이 되면 엄마 젖을 거부하는 증상이 나타난다. 사육시설 판다의 경우 아기 판다가 예정보다 빠르게 젖을 거부하는 경우, 사육사가 온갖 방법을 동원하여 엄마 젖을 물리려고 유도한다. 오랫동안 젖을 먹지 않으면 아기 판다의 성장 발육에 안 좋은 영향을 미치고 심할 경우 생명이 위태로워질 수도 있기 때문이다.

Q 10

아기 판다는 어떻게 배변을 할까?

판다는 모든 장기가 온전히 성숙하기 이전에 미숙아 상태로 태어나기 때문에 스스로 배변 활동을 하기 어렵다. 엄마 판다가 항문 주변을 핥아주며 신진대사를 도와주어야만 배변이 가능하다. 생후 4개월 정도가 되어야 혼자 배변할 수 있다.

Q 11

아기 판다는 언제부터 나무를 탈 수 있을까?

아기 판다는 생후 3개월 차가 되면 나무를 타고 놀 줄 알게 된다. 서있는 것도 연습해 보고 주변의 신기한 것들을 흥미롭게 탐색하는 판다로 자라난다. 6개월 차부터는 자유롭게 걸어 다니고 나무도 마음대로 오를 수 있다. 이때가 가장 귀엽고 장난기가 많은 시기이다.

2024년 1월 1일 [사진=미즈오 코지로]

Q 12

아기 판다는 언제 이가 나기 시작할까?

A 아기 판다는 보통 생후 3개월이 지나면 유치가 나기 시작한다. 5개월 차에는 24개의 유치가 완성된다. 유치가 생기면 댓잎이나 죽순도 먹기 시작하는데, 주로 씹는 동작을 연습하기 위함이지 주식으로 삼기는 어렵다. 7개월이 되면 유치가 빠지면서 영구치로 교체된다. 한 살 반 무렵에는 영구치 40~42개가 거의 다 자란다.

Q 13

아기 판다는 언제부터 젖을 떼고 대나무를 먹기 시작할까?

A 아기 판다는 한 살 반 정도가 되면 엄마 젖을 떼고 대나무를 먹기 시작한다. 그 전까지는 엄마 판다에게 모든 것을 의존하여 생활한다. 그렇기 때문에 아기 판다는 엄마에 대한 애착이 강하다.

Q 14

아기 판다는 언제 엄마 품을 떠나 독립할까?

A 한 살 반 정도가 되면 아기 판다는 기본적으로 독립할 수 있는 능력을 갖추게 된다. 엄마와 떨어져 나만의 영역에서 독립된 생활을 시작하는 것이다. 대부분의 판다가 엄마의 영역과 겹치는 곳에 나만의 영역을 마련한다.

15

판다의 소화 과정은 어떤 식으로 이루어질까?

초식동물은 원래 장 길이가 긴 편이지만 판다는 육식동물의 장 구조처럼 길이가 짧다. 목질소나 섬유소를 분해하는 세균이나 유전자가 장 안에 있어야 소화를 잘 시킬 수 있는데, 판다에게는 그런 세균이나 유전자의 종류가 적고 함량도 낮다. 즉, 판다는 목질소나 섬유소를 먹어도 소화시킬 능력이 부족한 것이다.

소화 능력은 음식물이 장 속에 머무는 시간과 관련이 있다. 목질소를 분해하려면 발효시키고 삭히는 데 시간이 걸리기 때문에 초식동물이 먹은 음식물은 장 속에서 70여 시간이나 머문다. 한편, 판다가 먹은 음식물은 장 속에 6~10시간 정도밖에 머무르지 않아 발효되는 과정을 거칠 수 없다. 심지어 초식동물은 대부분 위 속에 들어간 음식을 뱉어내 다시 한번 되새김질을 하는데, 판다는 되새김질도 하지 않기 때문에 소화가 비교적 잘 되는 음식물만 빠르게 흡수한 뒤 재빨리 또 다른 음식물을 먹는 전략을 취한다.

16

대나무를 주식으로 하는 판다는 신진대사율이 정말 낮을까?

판다는 신진대사율이 매우 낮다. 비슷한 크기의 포유류의 37.7퍼센트밖에 되지 않는다. 코알라보다도 낮아 거의 나무늘보와 비슷한 수준이다. 몸무게가 90킬로그램인 판다의 신진대사율은 같은 체중인 사람의 신진대사율의 절반도 되지 않는다. 기초대사와 관련이 있는 에너지를 소모하는 기관인 대뇌, 간, 신장이 20~30퍼센트 정도 기능을 축소하여 에너지를 절약하는 것이다. 신진대사율이 낮으니 활동량이 적을 수밖에 없다.

2023년 5월 6일 [사진=미즈오 코지로]

17

판다가 좋아하는 대나무 종류는 몇 가지나 될까?

판다가 먹을 수 있는 대나무는 지금까지 알려진 바로는 60종 정도이다.
개중 판다들이 주로 좋아하는 대나무는 약 30종이다. 판다는 중국 남쪽
에서 북쪽까지 여섯 개의 큰 산맥을 따라 분포한다. 산맥에 따라 대나무
의 종류도 다르기 때문에 판다가 주로 먹는 대나무의 종류도 지역마다 현
저한 차이를 보인다. 친링秦岭산맥지대 판다는 주로 미우좁사리巴山木竹,
Bashania fargesii나 진령전죽秦岭箭竹, Fargesia qinlingensis 같은 대나무를 먹
고, 민산岷山산맥지대 판다는 조화전죽糙花箭竹, Fargesia scabrida이나 철포
전죽缺苞箭竹, Fargesia denudata, 화서전죽华西箭竹, Fargesia nitida을, 치웅라이
산邛崃山산맥지대 판다는 냉전죽冷箭竹, Bashania fangiana이나 괴곤죽拐棍
竹, Fargesia Robusta을, 다샤오샹링大小相岭산맥지대 판다는 팔월죽八月竹,
Chimonobambusa szechuanensis이나 아열죽峨热竹, Bashania spanostachya을,
량산凉山산맥지대 판다는 엽공죽叶筇竹이나 백배옥산죽白背玉山竹, Yushania
glauca, 마변옥산죽马边玉山竹, Yushania mabianensis을 주로 먹는다.

18

판다는 서있는 동작을 좋아하는 걸까?

좋아한다. 우리는 판다가 쉽게 일어서는 걸 종종 볼 수 있다. 사실 판다는
서있는 힘이 매우 강하다. 일어서서 높은 곳에 있는 걸 꺼내 먹기도 하고
선 자세에서 두리번거리며 주변을 관찰할 수도 있다. 심지어 물구나무 자
세로도 설 수 있다. 보통 나무줄기에 발을 걸고 거꾸로 서기도 하는데, 그
때 항문샘으로 냄새를 발산해 영역 표시를 한다. 수컷 판다는 물구나무
선 채로 교배를 하기도 한다.

224

2023년 5월 7일 [사진=미즈오 코지로]

2024년 1월 6일 [사진=미즈오 코지로]

Q 19

판다는 자신의 털을 스스로 관리할 수 있을까?

A 할 수 있다. 판다는 물놀이를 하고 나오면 좌우로 몸을 흔들어서 물과 먼지를 털어낸다. 먹이를 먹고 나서도 입 주위와 손바닥을 핥아서 깨끗이 한다. 앞발로 귀나 목 부위의 털을 정돈하거나 뒷발로 가려운 데를 긁을 때도 있다. 등에 발이 닿지 않을 때는 나무줄기나 다른 물체에 기대어 마찰을 시키면서 가려운 곳도 긁고 털도 정리한다.

2023년 2월 22일 [사진=미즈오 코지로]

20

사육시설 판다는 주로 뭘 먹을까?

어른 판다는 대나무가 주 먹이이다. 대나무는 판다의 식단에서 약 99퍼센트를 차지한다. 이외에도 사육사가 사과나 배, 당근, 특수 제작한 워토우(영양빵), 섬유질 쿠키, 비타민, 미량 원소 등을 준비해 판다의 고른 영양 섭취를 돕는다. 과일 중에 사과를 가장 많이 먹고 그 외에 배나 바나나도 자주 먹는다. 당근이나 상추, 연근 같은 채소를 먹기도 한다.

2023년 7월 22일 [사진=미즈오 코지로]

21
판다도 사료를 먹을까?

1960~1980년대 초에는 정해진 사료 배합에 따라 여러 가지 먹이를 분쇄하여 섞은 뒤 죽처럼 만들어 먹였다. 하지만 그런 방식은 계량을 정확히 하기 어렵고 죽으로 쑤는 과정도 만만치 않을뿐더러 보관이나 운반도 쉽지 않다는 단점이 있었다. 1980~1990년대에는 고체 형태의 워토우를 만들어 먹였지만 금방 상해서 오래 저장할 수 없었다. 1990년대 이후로는 쿠키 형태로 만들었는데 이로써 대량생산도 가능해지고 저장 문제도 해결되었다. 현재 중국 이외의 국가에서는 주로 고섬유질 쿠키를 지급하고 있지만 중국은 여전히 워토우를 제공한다.

2024년 1월 7일 [사진=미즈오 코지로]

Q 22

판다에게 공급되는 대나무는 어떤 조건을 갖추어야 할까?

A 일단 해당 대나무 숲에 오염원이 없어야 하고 그 지역의 공기나 수질, 토양도 깨끗해야 한다. 자주 샘플을 채취해 중금속이나 농약 같은 유해 성분에 오염되지 않았는지 검사도 필요하다. 이외에도 어느 정도 규모나 면적이 있는 대나무 숲이어야 지속적이고 안정적으로 대나무를 공급할 수 있다.

Q 23

판다가 먹는 대나무는 어떻게 가져올까?

A 대나무 숲에서 양질의 대나무를 채취한 뒤 신속히 끈으로 묶어 숲 밖으로 운반하여 무게를 재고 묶여있는 대나무를 포장한다. 포장 내층은 얇은 무독성 플라스틱 막을 사용하고, 외층은 종이 박스로 포장한다. 마지막으로 포장된 박스를 비행기나 기차에 실어 판다 사육시설까지 운반한다.

Q 24

판다가 먹는 대나무는 어떻게 보관할까?

A 대나무 보관 방법은 계절에 따라 다르다. 봄과 겨울에는 전용 저장소에 보관하는데, 대나무 윗부분에 물을 뿌려놓으면 3일 정도 저장할 수 있다. 여름과 가을에는 냉장고에 넣어 놓고 온도를 4~6도로 맞춰둔다. 물을 뿌려 적당히 습도를 유지해 주어야 한다. 오랜 기간 대나무를 저장하고 싶다면 필요한 곳에 CAControlled Atmosphere 저장고를 설치하고 온도는 4~6도로 유지하는 것이 좋다.

25

판다가 살기 좋은 적정 온도는 몇 도일까?

판다가 살기 좋은 적정 온도는 10~25도로, 여름에도 방사장 온도를 잘 맞춰주어야 한다. 25도가 넘어가면 판다는 호흡이 가빠지고 신진대사가 빨라지면서 안전부절못하는 모습을 보이게 된다. 주변 온도는 판다의 건강에 직접적인 영향을 끼치므로 온도 조절을 절대 소홀히 해서는 안 된다.

26

판다가 활동하는 사육 공간도 청소와 소독이 필요할까?

자이언트판다는 위생이 중요하므로 당연히 해야 한다. 판다가 지나다니는 길은 소독 탱크로 소독을 한다. 소독 탱크가 지나가면서 바퀴로 소독하는 방식이다. 세균이나 병균이 침입하지 않도록 실내 방사장 입구에는 소독 발판을 깔아놓아 지나다니는 직원들 발도 소독해야 한다.

27

판다 사육시설은 어떻게 습도를 조절할까?

사육시설이 위치한 지역이 모두 다른 만큼 판다가 생활하는 곳의 기후도 제각각이므로 최적의 습도로 맞춰 조절에 신경을 써야 한다. 자이언트판다는 습한 환경을 좋아하기 때문에 상황에 따라 습도를 잘 조절해야 한다. 일반적으로는 습도를 80퍼센트 정도로 유지하는 것이 가장 이상적이다. 습도가 50퍼센트 아래로 떨어지면 코가 건조하거나 피부가 간지러워 불쾌감을 느낄 수 있다. 그때는 물을 뿌려서 습도를 높여주면 된다.

2023년 5월 4일 [사진=미즈오 코지로]

2023년 5월 5일 [사진=미즈오 코지로]

 28

사육사는 판다의 건강 상태를 어떤 기준으로 판단할까?

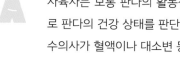 사육사는 보통 판다의 활동성이나 식욕, 배변, 체중 같은 눈에 띄는 정보
로 판다의 건강 상태를 판단한다. 사육사가 판다의 이상 증세를 발견하면
수의사가 혈액이나 대소변 등을 채취해 자세한 검사를 진행한다. 검사 결
과에 따라 병의 원인을 분석한 뒤 치료법을 정한다. 증세에 맞게 약을 처
방해야 판다가 하루빨리 건강을 회복할 수 있다.

Q 29

판다가 자주 걸리는 질병에는 어떤 것들이 있을까?

A 판다는 소화기 질환이나 기생충 감염에 취약하다. 감기 같은 호흡기 질병에 걸리는 경우도 있다. 가끔 신장염이나 신부전, 간질, 빈혈, 종양, 일본뇌염, 급성폐렴, 급성출혈성뇌염 등에도 걸릴 수 있다.

Q 30

판다가 아플 때 복용하는 약이 따로 있을까?

A 요즘 판다를 치료할 때는 사람이 복용하는 약을 처방한다. 수의사가 판다의 연령, 체중, 증상 등에 따라 약제량을 조절한다.

Q 31

판다한테는 약을 어떻게 먹일까?

A 사육사가 약의 맛이나 형태에 따라 각기 다른 방법으로 먹인다. 설탕과 함께 우유나 물에 타서 먹일 때도 있고 워토우나 과일, 쿠키에 껴서 먹이는 약도 있다.

Q 32

판다도 아플 때 주사를 맞을까?

A 판다도 사람처럼 아프면 주사를 맞거나 심하면 수액을 맞아야 하는 경우도 있다.

Q 33

판다는 청각의 기능이 어느 정도 될까?

A 판다는 청각이 매우 예민하다. 소리로 배우자나 새끼를 알아볼 수 있고, 낯선 소리도 바로 인식하여 천적으로부터 위험을 피할 수 있다.

Q 34

판다는 개체마다 얼굴형에 차이가 있을까?

A 차이가 있다. 판다는 보통 둥근 얼굴과 긴 얼굴로 나뉜다. 얼마 전 혈통번호가 있는 판다를 얼굴로 식별할 수 있는 시스템인 '판다 안면 인식 기술'이 개발되었다.

Q 35

판다 등에 있는 검은색 무늬도 저마다 다를까?

A 판다의 등 무늬는 개체마다 다르다. 삼각형, 'U' 자형, 깊게 패인 'V' 자형, 반달형 등 다양하다. 보통 등 무늬를 보고 판다를 구별한다.

Q 36

판다의 털은 부드러울까, 딱딱할까?

A 어릴 때는 털이 보드라운 편이지만 두 살이 넘어가면서 점점 두꺼워진다. 판다는 털에 보온, 방수 기능이 있어서 기온이 영하로 떨어진 눈밭에서도 정상적으로 생활할 수 있다.

Q 37

판다는 전부 검은색과 흰색 털로만 되어있을까?

A 갓 태어난 새끼 판다는 온몸이 분홍색이고 흰색의 얇은 솜털이 있다. 어른 판다가 되면서 흑백색으로 변한다. 그런데 산시성 친링산맥지대에서 갈색과 흰색 털의 수컷 판다가 발견된 적이 있다. 보통 판다의 검정색 털이 난 부위에 갈색 털이 나있는 판다이다. 전문가들은 갈색과 흰색 털로 되어있는 일부 판다는 유전적 돌연변이일 가능성이 있으며 격세유전일 수도 있다고 밝혔다. 2019년에는 중국 워룽 자연보호구臥龍自然保護區 관리국이 보호구 내에 설치한 적외선 카메라에 온몸이 흰색인 판다가 포착됐다. 전문가들은 백색증 판다일 가능성이 있다고 보고 있다.

Q 38

판다는 왜 물구나무 자세로 소변을 볼까?

A 판다가 물구나무 자세로 소변을 보는 건 일종의 영역 표시이다. 더욱 높은 곳에 냄새를 남겨서 자기 영역을 과시하고 짝을 찾기 위함이다.

Q 39

판다는 성별을 어떻게 구별할까?

A 판다는 성별을 판별하기가 쉽지 않다. 연구자들도 갓 태어난 판다의 생식기를 관찰하거나 만져보며 경험으로 알 뿐이다. 암컷의 생식기는 평평하고 수컷의 생식기는 볼록 튀어나와 있으며, 수컷은 암컷보다 생식기와 항문 사이의 거리가 먼 편이다. 하지만 이런 구별 방법도 정확도는 그리 높지 않다. 염색체를 통한 감별이 그나마 확실한 구별법이다.

2024년 2월 2일 [사진=원페이페이]

2024년 3월 2일 [사진=원페이페이]

40

판다는 왜 먹으면서 배변을 할까?

댓잎은 섬유질이 적어 소화하기가 쉬운 편이지만 대나무 줄기는 섬유질이 많아 소화가 잘 되지 않는다. 판다의 소화계는 영양 섭취를 위해 소화가 잘 되지 않는 대나무는 바로 대소변으로 배출하도록 진화했다. 그렇기 때문에 판다들이 대나무를 먹으면서 배변하는 장면을 종종 목격할 수 있다.

41

판다는 왜 다 자라면 꼬리가 짧아지는 걸까?

판다는 어렸을 때 꼬리가 길지만 어른 판다가 되면서 짧아진다. 거의 찾아보기 힘들 정도로 짧아지는 경우도 있다. 하지만 사실은 꼬리가 짧아지는 것이 아니라 아기 판다의 몸집이 작아서 꼬리가 상대적으로 길어 보이는 것뿐이다. 판다의 몸집이 커지면서 털도 함께 길지만 꼬리는 성장을 멈춘다. 꼬리가 짧아지는 것처럼 보이는 이유이다.

42

판다의 발정기는 언제일까?

일반적으로 판다의 발정기는 1년에 한 번, 봄철에 온다. 3, 4월이 판다 번식에 가장 좋은 기간이다. 기온이 올라가고 5월에 접어들면 판다의 호르몬 수치나 짝짓기 의욕이 줄어들어 교배의 성공 가능성이 낮아지기 때문이다. 사육시설 판다의 발정기는 환경에 따라 다소 변화가 있어서 가을에 발정기가 오는 판다도 있다.

Q 43

판다의 친척에 해당하는 동물에는 어떤 것들이 있을까?

A 판다는 포유류의 식육목食肉目 곰과 동물이다. 체구가 거대하며 털은 길고 촘촘하다. 머리가 크고 입은 길며 눈과 귀는 작은 편이다. 어금니가 크고 잘 발달되어 있어 저작咀嚼 활동에 유리하다. 팔다리 또한 건장하고 힘이 세다. 안경곰, 반달가슴곰(아시아흑곰), 느림보곰, 아메리카흑곰, 태양곰(말레이곰), 불곰(갈색곰), 북극곰(흰곰) 등 현존하고 있는 7종이 판다의 친척이다. 유전적으로 봤을 때 수많은 곰과 친척 중에서 안경곰이 자이언트판다와 가장 가깝다. 판다는 곰과 동물이라는 공통 조상으로부터 갈라져 나와 단독으로 진화했다.

Q 44

판다는 수영을 할 수 있을까?

A 할 수 있다. 판다는 보통 고산지대 밀림에 살기 때문에 사실 수영할 만한 곳이 많지는 않지만 날씨가 너무 더워지면 물을 찾아 헤엄치며 몸을 식힌다.

Q 45

판다가 '물만 먹어도 취하는 이유'는 무엇일까?

A 판다는 물을 특히 좋아하는 습성이 있다. 야생판다는 물이 있는 곳을 발견하면 걷지도 못할 지경까지 무한대로 물을 마신다. 꼭 술에 취해 물가에 누워있는 사람처럼 그 자리에 쓰러져 못 일어날 때까지 물을 마신다고 보면 된다. 그러다 보니 취한 사람 같은 장면을 자주 연출하곤 한다.

46

고대부터 지금까지 판다에게는 어떤 변화가 있었을까?

판다는 외형이나 장기 기관 구조에 원시적인 특징이 남아있는 부분도 있고 진화한 부분도 있다. 가장 눈에 띄는 건 대나무를 먹는 데 적응하기 위하여 두개골, 치아 구조, 팔다리 그리고 소화기관까지의 변화이다.

800만 년 전, 지구상에 이미 판다가 출현한 흔적이 있다. 가장 초기의 판다는 몸집이 크지 않고 어금니가 작고 피부에는 주름이 있었다. '고대 자이언트판다始熊猫'라고 불린다. 주로 중국 스촨, 윈난云南, 구이저우貴州 등 온난습윤한 산림지대에 서식했으며 다른 동물을 잡아먹고 살았던 흔적으로 보면 영락없는 육식동물이었다.

300만 년 전 빙하기에 접어들면서 고대 자이언트판다는 멸종되었다. 이후 고대 자이언트판다는 두 갈래로 갈라졌는데 하나는 유럽에 분포하다가 지금은 멸종된 아그리아르크토스Agriarctos고, 또 다른 하나는 중국 남부 지방에 분포되어 있던 아일루로포다 미크로타Ailuropoda microta이다. 아일루로포다 미크로타는 고대 자이언트판다보다 몸집이 훨씬 크고 어금니가 넓다. 이 큰 어금니로 대나무도 먹고 고기도 먹는 잡식성 동물이었다. 180만 년 전 우링武陵산맥지대 판다는 아일루로포다 미크로타보다 조금 크고, 그때 이미 대나무가 판다의 주식이 되어있었다. 75만 년 전 아일루로포다 바코니Ailuropoda baconi는 몸집이 훨씬 컸다. 외형적인 특징이나 행동 습관, 주식 모두 현재 자이언트판다와 비슷하다. 아일루로포다 바코니의 서식지는 중국 장강長江 유역, 주강珠江 유역, 화베이華北 지역, 베트남, 미얀마, 태국의 일부 지역에 분포했다. 1만 5,000년 전부터 아일루로포다 바코니는 서식지 환경의 변화로 몸집이 점점 줄어들면서 현재 자이언트판다로 진화했다. 판다는 고대로부터 지금까지 작은 몸집이 커졌다가 다시 작아지는 과정을 거친 셈이다.

Q 47

서식하는 산에 따라 판다의 체형에는 차이가 있을까?

A 그렇다. 민산이나 치웅라이산산맥지대 판다는 체형이 작은 편이고 다샤 오량산이나 친링산맥지대 판다는 체형이 큰 편이다.

Q 48

판다의 앞발과 뒷발은 어떤 특징이 있을까?

A 판다는 발바닥이 말랑말랑하고 전형적인 안짱다리이다. 앞발과 뒷발 모두 검은색이고 미끄럼을 방지해 주는 두꺼운 털이 나있다. 발톱은 나무를 쉽게 탈 수 있을 정도로 단단하다.

49

판다는 귀가 살로 이루어져 있을까, 털로만 되어있을까?

판다의 귀는 까만색이고 모양도 다양하다. 귀를 쫙 펴면 부채 같기도 하고 정면에서 보면 삼각형, 때론 원형처럼 보이기도 한다. 판다의 귀는 일부만 살로 되어있고 나머지는 전부 털로 이루어져 있다.

50

전 세계에서 체중이 가장 가볍게 태어난 아기 판다는 누구일까?

2019년 6월 11일, 청두 자이언트판다 번식연구 기지의 판다 청다成大(혈통번호 824)는 출생 시 체중이 42.8그램이었다. 또 다른 판다 청랑成浪(혈통번호 1173)은 출생 당시 몸무게가 정상 몸무게의 4분의 1이었다.

2024년 1월 1일 [사진=미즈오 코지로]

안녕, 푸바오

초판 1쇄 인쇄 2024년 9월 9일
초판 1쇄 발행 2024년 9월 30일

지은이 장린
옮긴이 심지연
펴낸이 김문식 최민석
총괄 임승규
책임편집 조연수
기획편집 이혜미 김지은 김민혜 명지은
　　　　　 신지은 박지원 백승민
마케팅 조아라
디자인 배현정

펴낸곳 (주)해피북스투유
출판등록 2016년 12월 12일 제2016-000343호
주소 서울시 서대문구 신촌로 25-1 보고타워 4층
전화 02)336-1203
팩스 02)336-1209